De la causa, principio et uno

Giordano Bruno

Texte et illustration de couverture : © domaine public
Edition : Culturea (Hérault, 34)
Contact : infos@culturea.fr
Retrouvez notre catalogue sur http://culturea.fr
Imprimé en Allemagne par Books on Demand
Design typographique : Derek Murphy
Layout : Reedsy (https://reedsy.com/)

Dépôt légal : janvier 2023

ISBN : 9791041842834

GIORDANO BRUNO

NOLANO

DE LA CAUSA, PRINCIPIO ET UNO

A L'ILLUSTRISSIMO

SIGNOR DI MAUVISSIERO

STAMPATO IN VENEZIA

ANNO M.D.LXXXIIII.

PROEMIALE EPISTOLA

scritta all'illustrissimo

Signor Michel di Castelnovo,

Signor di Mauvissiero, Concressalto e di Ionvilla,

Cavallier de l'ordine del Re Cristianissimo,

Conseglier del suo privato Conseglio,

Capitano di 5uomini d'arme

e Ambasciator alla Serenissima

Regina d'Inghilterra.

Illustrissimo e unico cavalliero, s'io rivolgo gli occhi della considerazione a remirar la vostra longanimità, perseveranza e sollecitudine, con cui, giongendo ufficio ad ufficio, beneficio a beneficio, m'avete vinto, ubligato e stretto, e solete superare ogni difficultà, scampar da qualsivoglia periglio, e ridur a fine tutti vostri onoratissimi dissegni; vegno a scorgere quanto propriamente vi conviene quella generosa divisa, con la quale ornate il vostro terribil cimiero: dove quel liquido umore, che suavemente piaga, mentre continuo e spesso stilla, per forza di perseveranza rammolla, incava, doma, spezza e ispiana un certo, denso, aspro, duro e ruvido sasso.

Se da l'altro lato mi riduco a mente come (lasciando gli altri vostri onorati gesti da canto), per ordinazion divina e alta providenza e predestinazione, mi siete sufficiente e saldo difensore negl'ingiusti oltraggi ch'io patisco (dove bisognava che fusse un animo veramente eroico per non dismetter le braccia, desperarsi e darsi vinto a sí rapido torrente di criminali imposture), con quali a tutta possa m'ave fatto émpeto l'invidia d'ignoranti, la presunzion di sofisti, la detrazion di malevoli, la murmurazion di servitori, gli sussurri di mercenarii, le contradizioni di domestici, le suspizioni di stupidi, gli scrupoli di riportatori, gli zeli d'ipocriti, gli odii di barbari, le furie di plebei, furori di popolari, lamenti di ripercossi e voci di castigati; ove altro non mancava ch'un discortese, pazzo e malizioso sdegno feminile, di cui le false lacrime soglion esser piú potenti, che quantosivoglia tumide onde e rigide tempeste di presunzioni, invidie, detrazioni, mormorii, tradimenti, ire, sdegni, odii e furori); ecco vi veggio qual saldo, fermo e constante scoglio, che, risorgendo e mostrando il capo fuor di gonfio mare, né per irato cielo, né per orror d'inverno, né per violente scosse di tumide onde, né per stridenti aerie procelle, né per violento soffio d'Aquiloni, punto si scaglia, si muove o si scuote; ma tanto piú si rinverdisce e di simil sustanza s'incota e si rinveste. Voi, dunque, dotato di doppia virtú, per cui son potentissime le liquide e amene stille, e vanissime l'onde rigide e tempestose; per cui contra le goccie si rende sí fiacco il fortunato sasso, e contra gli flutti sorge sí potente il travagliato scoglio; siete quello, che medesimo si rende sicuro e tranquillo porto alle vere muse, e ruinosa roccia in cui vegnano a svanirsi le false munizioni de impetuosi dissegni de lor nemiche vele. Io, dunque, qual nessun giamai poté accusar per ingrato, nullo vituperò per discortese, e di cui non è chi giustamente lamentar si possa; io, odiato da stolti, dispreggiato da vili, biasimato da ignobili, vituperato da furfanti e perseguitato da genii bestiali; io, amato da savii, admirato da dotti, magnificato da grandi, stimato da potenti e favorito dagli dei; io, per tale tanto favore da voi già ricettato, nodrito, difeso, liberato, ritenuto in salvo, mantenuto in porto; come scampato per voi da perigliosa e gran tempesta; a voi consacro questa àncora, queste sarte, queste fiaccate vele, e queste a me piú care e al mondo future piú preziose merci, a fine che per vostro favore non si sommergano dall'iniquo, turbulento e mio nemico Oceano. Queste, nel sacrato tempio della Fama appese, come saran potenti contra la protervia de l'ignoranza e voracità del tempo, cossí renderanno eterna testimonianza dell'invitto favor vostro; a fin che conosca il mondo che questa generosa e divina prole, inspirata da alta intelligenza, da regolato senso conceputa e da nolana Musa parturita, per voi non è morta entro le fasce, e oltre si promette vita, mentre questa terra col suo vivace dorso verrassi svoltando all'eterno aspetto de l'altre stelle lampegianti.

Eccovi quella specie di filosofia nella quale certa e veramente si ritrova quello che ne le contrarie e diverse vanamente si cerca. E primeramente con somma brevità vi porgo per cinque dialogi tutto quello che par che faccia alla contemplazion reale della causa, principio e uno.

Argomento del primo dialogo.

Ove nel primo dialogo avete una apologia, o qualch'altro non so che, circa gli cinque dialogi intorno *La cena de le ceneri*, ecc.

Argomento del secondo dialogo.

Nel dialogo secondo avete primamente la raggione della difficultà di tal cognizione, per sapere quanto il conoscibile oggetto sia allontanato dalla cognoscitiva potenza. Secondo, in che modo e per quanto dal causato e principiato vien chiarito il principio e causa. Terzo, quanto conferisca la cognizion della sustanza de l'universo alla noticia di quello da cui ha dependenza. Quarto, per qual mezzo e via noi particolarmente tentiamo di conoscere il primo principio. Quinto, la differenza e concordanza, identità e diversità, tra il significato da questo termine "causa" e questo termine "principio". Sesto, qual sia la causa la quale si distingue in efficiente, formale e finale, e in quanti modi è nominata la causa efficiente, e con quante raggioni è conceputa; come questa causa efficiente è in certo modo intima alle cose naturali, per essere la natura istessa, e come è in certo modo esteriore a quelle; come la causa formale è congiunta a l'efficiente, etè quella per cui l'efficiente opera, e come la medesima vien suscitata dall'efficiente dal grembo de la materia; come coincida in un soggetto principio l'efficiente e la forma, e come l'una causa è distinta da l'altra. Settimo, la differenza tra la causa formale universale, la quale è una anima per cui l'universo infinito, come infinito, non è uno animale positiva- ma negativamente, e la causa formale particulare moltiplicabile e moltiplicata in infinito; la quale, quanto è in un soggetto piú generale e superiore, tanto è piú perfetta; onde, gli grandi animali, quai sono gli astri, denno esser stimati in gran comparazione piú divini, cioè piú intelligenti senza errore e operatori senza difetto. Ottavo, che la prima e principal forma naturale, principio formale e natura efficiente, è l'anima de l'universo: la quale è principio di vita, vegetazione e senso in tutte le cose, che vivono, vegetano e sentono. E si ha per modo di conclusione, che è cosa indegna di razional suggetto posser credere che l'universo e altri suoi corpi principali sieno inanimati; essendo che da le partietescrementi di quelli derivano gli animali che noi chiamiamo perfettissimi. Nono, che non è cosa sí manca, rotta, diminuta e imperfetta, che, per quel che ha principio formale, non abbia medesimamente anima, benché non abbia atto di supposito che noi diciamo animale. E si conchiude, con Pitagora e altri, che non in vano hanno aperti gli occhi, come un spirito immenso, secondo diverse raggioni e ordini, colma e contiene il tutto. Decimo, se viene a fare intendere che, essendo questo spirito persistente insieme con la materia, la quale gli Babiloni e Persi chiamaro ombra; etessendo l'uno e l'altra indissolubili, è impossibile che in punto alcuno cosa veruna vegga la corrozione, o vegna a morte secondo la sustanza; benché, secondo certi accidenti, ogni cosa si cangie di volto, e si trasmute or sotto una or sotto un'altra composizione, per una o per un'altra disposizione, or questo or quell'altro essere lasciando e repigliando. Undecimo, che gli aristotelici, platonici e altri sofisti non han conosciuta la sustanza de le cose; e si mostra chiaro che ne le cose naturali quanto chiamano sustanza, oltre la materia, tutto è purissimo accidente; e che da la cognizion de la vera forma s'inferisce la vera notizia di quel che sia vita e di quel che sia morte; e, spento a fatto il terror vano e puerile di questa, si conosce una parte de la felicità che apporta la nostra contemplazione, secondo i fondamenti de la nostra filosofia: atteso che lei toglie il fosco velo del pazzo sentimento circa l'Orcoetavaro Caronte, onde il piú dolce de la nostra vita ne si rape et avelena. Duodecimo, si distingue la forma, non secondo la raggion sustanziale per cui è una; ma secondo gli atti e gli essercizii de le facultose potenze e gradi specifici de lo ente che viene a produre. Terzodecimo, si conchiude la vera raggion definitiva del principio formale: come la forma sia specie perfetta, distinta nella materia, secondo le accidentali disposizioni dependenti da la forma materiale, come da quella che consiste in diversi gradi e disposizioni de le attive e passive qualitadi. Si vede come sia variabile, come invariabile; come definisce e termina la materia, come è definita e terminata da quella. Ultimo, si mostra con certa similitudine accomodata al senso volgare, qualmente questa forma, quest'anima può esser tutta in tutto e qualsivoglia parte del tutto.

Argomento del terzo dialogo.

Nel terzo dialogo (dopo che nel primo è discorso circa la forma, la quale ha piú raggion di causa che di principio) si procede alla considerazion de la materia, la quale è stimata aver piú raggion di principio et elemento che di causa: dove, lasciando da canto gli preludii che sono nel principio del dialogo, prima si mostra che non fu pazzo nel suo grado David de Dinanto in prendere la materia come cosa eccellentissima e divina. Secondo, come con diverse vie di filosofare possono prendersi diverse raggioni di materia, benché veramente sia una prima e absoluta; perché con diversi gradi si verifica et è ascosa sotto diverse specie cotali, diversi la possono prendere diversamente secondo quelle raggioni che sono appropriate a sé; non altrimente che il numero che è preso dall'aritmetrico pura e semplicemente, è preso dal musico armonicamente, tipicamente dal cabalista, e da altri pazzi e altri savii altrimente suggetto. Terzo, si dechiara il significato per il nome materia per la differenza e similitudine che è tra il suggetto naturale e arteficiale. Quarto, si propone come denno essere ispediti gli pertinaci, e sin quanto siamo ubligati di rispondere e disputare. Quinto, dalla vera raggion de la materia s'inferisce che nulla forma sustanziale perde l'essere; e fortemente si convence, che gli peripatetici e altri filosofi da volgo, benché nominano forma sustanziale, non hanno conosciuta altra sustanza che la materia. Sesto, si conchiude un principio formale constante, come è conosciuto un constante principio materiale; e che con la diversità de disposizioni, che son nella materia, il principio formale si trasporta alla moltiforme figurazione de diverse specie e individui; e si mostra onde sia avenuto che alcuni, allevati nella scuola peripatetica, non hanno voluto conoscere per sustanza altro che la materia. Settimo, come sia necessario che la raggione distingua la materia da la forma, la potenza da l'atto; e si replica quello che secondariamente si disse: come il suggetto e principio di cose naturali per diversi modi di filosofare può essere, senza incorrere calunnia, diversamente preso; ma piú utilmente secondo modi naturali e magici, piú variamente secondo matematici e razionali; massime se questi talmente fanno alla regola et essercizio della raggione, che per essi al fine non si pone in atto cosa degna e non si riporta qualche frutto di prattica, senza cui sarebbe stimata vana ogni contemplazione.

Ottavo, si propongono due raggioni con le quali suol essere considerata la materia, cioè come la è una potenza, e come la è un soggetto. E cominciando dalla prima raggione, si distingue in attiva e passiva, e in certo modo se riporta in uno. Nono, s'inferisce dall'ottava proposizione, come il supremo e divino è tutto quello che può essere, e come l'universo è tutto quello che può essere, e altre cose non sono tutto quello che esser possono. Decimo, per conseguenza di quello ch'è detto nel nono, altamente breve e aperto si dimostra onde nella natura sono i vizii, gli mostri, la corrozione e morte.

Undecimo, in che modo l'universo è in nessuna e in tutte le parti; e si dà luogo a una eccellente contemplazione della divinità.

Duodecimo, onde avvenga che l'intelletto non può capir questo absolutissimo atto e questa absolutissima potenza. Terzodecimo, si conchiude l'eccellenza della materia, la quale cossí coincide con la forma, come la potenza coincide con l'atto. Ultimo, tanto da questo, che la potenza coincide con l'atto e l'universo è tutto quello che può essere, quanto da altre raggioni, si conchiude ch'il tutto è uno.

Argomento del quarto dialogo.

Nel quarto dialogo, dopo aver considerata la materia nel secondo, in quanto che la è una potenza, si considera la materia in quanto che la è un suggetto. Ivi prima, con gli passatempi

Poliinnici, s'apporta la raggion di quella secondo gli principii volgari, tanto di platonici alcuni, quanto di peripatetici tutti. Secondo, raggionandosi *iuxta* gli proprii principii, si mostra una essere la materia di cose corporee e incorporee con piú raggioni. De quali la prima si prende dalla potenza di medesimo geno; la seconda, dalla raggione di certa analogia proporzionale del corporeo e incorporeo, absoluto e contratto; la terza, da l'ordine e scala di natura, che monta ad un primo complettente o comprendente; la quarta, da quel che bisogna che sia uno indistinto prima che la materia vegna distinta in corporale e non corporale; il quale indistinto vien significato per il supremo geno della categoria; la quinta, da quel che, siccome è una raggion comune al sensibile e intelligibile, cossí deve essere al suggetto della sensibilità; la sesta, da quel, che l'essere della materia è absoluto da l'esser corpo, onde non con minor raggione può quadrare a cose incorporee che corporee; la settima, da l'ordine del superiore e inferiore che si trova ne le sustanze, perché, dove è questo, se vi presuppone e intende certa comunione, la quale è secondo la materia che vien significata sempre per il geno, come la forma vien significata dalla specifica differenza; la ottava, è da un principio estraneo, ma conceduto da molti; la nona, dalla pluralità di specie che si dice nel mondo intelligibile; la decima, dalla similitudine e imitazione di tre mondi, metafisico, fisico e logico; la undecima, da quel, che ogni numero, diversità, ordine, bellezza e ornamento è circa la materia.

Terzo si apportano con brevità quattro raggioni contrarie; e si risponde a quelle. Quarto si mostra come sia diversa raggione tra questa e quella, di questa e quella materia, e come ella nelle cose incorporee coincida con l'atto, e come tutte le specie de le dimensioni sono nella materia, e tutte le qualitadi son comprese ne la forma. Quinto, che nessun savio disse mai le forme riceversi da la materia come di fuora, ma quella, cacciandole come dal seno, mandarle da dentro. Laonde non è un *prope nihil*, un quasi nulla, una potenza nuda e pura, se tutte le forme son come contenute da quella, e dalla medesima per virtú dell'efficiente (il qual può esser anco indistinto da lei secondo l'essere) prodotte e parturite; e che non hanno minor raggione di attualità nell'essere sensibile ed esplicato, se non secondo sussistenza accidentale, essendo che tutto il che si vede e fassi aperto per gli accidenti fondati su le dimensioni, è puro accidente; rimanendo pur sempre la sustanza individua e coincidente con la individua materia. Onde si vede chiaro, che dall'esplicazione non possiamo prendere altro che accidenti, di sorte che le differenze sustanziali sono occolte, disse Aristotele forzato da la verità. Di maniera che, se vogliamo ben considerare, da questo possiamo inferire una essere la omniforme sustanza, uno essere il vero ed ente, che secondo innumerabili circostanze e individui appare, mostrandosi in tanti e sí diversi suppositi.

Sesto, quanto sia detto fuor d'ogni raggione quello che Aristotele e altri simili intendono quanto all'essere in potenza la materia, il qual certo è nulla: essendo che, secondo lor medesimi, questa è sí fattamente permanente, che giamai cangia o varia l'esser suo, ma circa lei è ogni varietà e mutazione, e quello che è dopo che posseva essere, anco secondo essi, sempre è il composto. Settimo si determina de l'appetito de la materia, mostrandosi quanto vanamente vegna definita per quello, non partendosi da le raggioni tolte da' principii e supposizioni di color medesimi che tanto la proclamano come figlia de la privazione e simile a l'ingordiggia irreparabile de la vogliente femina.

Argomento del quinto dialogo.

Nel quinto dialogo, trattandosi specialmente de l'uno, viene compito il fondamento de l'edificio di tutta la cognizion naturale e divina. Ivi prima s'apporta proposito della coincidenza della materia e forma, della potenza e atto: di sorte che lo ente, logicamente diviso in quel che è e può essere, fisicamente è indiviso, indistinto ed uno; e questo insieme insieme infinito, immobile, impartibile, senza differenza di tutto e parte, principio e principiato. Secondo, che in quello non è differente il secolo da l'anno, l'anno dal momento, il palmo dal stadio, il stadio da la parasanga, e nella sua essenza questo e quell'altro essere specifico non è altro ed altro; e però nell'universo non è numero, e però l'universo è uno. Terzo, che ne l'infinito non è differente il punto dal corpo, perché non è altro la potenza e altro l'atto; e ivi, se il punto può scorrere in lungo, la linea in largo, la superficie in profondo, l'uno è lungo, l'altra è larga, l'altra è profonda; e ogni cosa è lunga, larga e profonda; e per consequenza, medesimo e uno; e l'universo è tutto centro e tutto circonferenza. Quarto, qualmente da quel, ché Giove (come lo nominano) piú intimamente è nel tutto che possa imaginarsi esservi la forma del tutto (perché lui è la essenzia, per cui tutto quel ch'è ha l'essere; ed essendo lui in tutto, ogni cosa piú intimamente che la propria forma ha il tutto), s'inferisce che tutte le cose sono in ciascuna cosa, e per consequenza tutto è uno. Quinto, se risponde al dubio che dimanda, perché tutte le cose particolari si cangiano, e le materie particolari, per ricevere altro e altro essere, si forzano ad altre e altre forme; e si mostra come nella moltitudine è l'unità, e ne l'unità è la moltitudine; e come l'ente è un moltimodo e moltiunico, e in fine uno in sustanza e verità. Sesto, se inferisce onde proceda quella differenza e quel numero, e che questi non sono ente, ma di ente e circa lo ente. Settimo, avertesi che chi ha ritrovato quest'uno, dico la raggione di questa unità, ha ritrovata quella chiave, senza la quale è impossibile aver ingresso alla vera contemplazion de la natura. Ottavo, con nova contemplazione si replica, che l'uno, l'infinito, lo ente e quello che è in tutto, è per tutto, anzi è l'istesso *ubique*; e che cossí la infinita dimensione, per non essere magnitudine, coincide con l' individuo, come la infinita moltitudine, per non esser numero, coincide con la unità. Nono, come ne l'infinito non è parte e parte, sia che si vuole ne l'universo esplicatamente; dove però tutto quel che veggiamo di diversità e differenza, non è altro che diverso e differente volto di medesima sustanza. Decimo, come ne li doi estremi, che si dicono nell'estremità de la scala della natura, non è piú da contemplare doi principii che uno, doi enti che uno, doi contrarii e diversi, che uno concordante e medesimo. Ivi l'altezza è profondità, l'abisso è luce inaccessa, la tenebra è chiarezza, il magno è parvo, il confuso è distinto, la lite è amicizia, il dividuo è individuo, l'atomo è immenso; e per il contrario. Undecimo, qualmente certe geometriche nominazioni come di punto e uno, son prese per promovere alla contemplazione de lo ente e uno, e non sono da per sé sufficienti a significar quello. Onde Pitagora, Parmenide, Platone non denno essere sí scioccamente interpretati, secondo la pedantesca censura di Aristotele. Duodecimo, da quel, che la sustanza ed essere è distinto dalla quantità, dalla misura e numero, s'inferisce che la è una e individua in tutto e in qualsivoglia cosa.

Terzodecimo, s'apportano gli segni e le verificazioni per quali gli contrarii veramente concorreno, sono da un principio e sono in verità e sustanza uno; il che, dopo esser visto matematicamente, si conchiude fisicamente.

Ecco, illustrissimo Signore, onde bisogna uscire prima che voler entrare alla piú speciale e appropriata cognizion de le cose. Quivi, come nel proprio seme, si contiene ed implica la moltitudine de le conclusioni della scienza naturale. Quindi deriva la intessitura, disposizione e ordine de le scienze speculative. Senza questa isagogia in vano si tenta, si entra, si comincia.

Prendete, dunque, con grato animo questo principio, questo uno, questo fonte, questo capo, perché vegnano animati a farsi fuora e mettersi avanti la sua prole e genitura, gli suoi rivi e fiumi maggiori si diffondano, il suo numero successivamente si moltipliche e gli suoi membri oltre si dispongano a fin che, cessando la notte col sonnacchioso velo e tenebroso manto, il chiaro Titone, parente de le dive Muse, ornato di sua fameglia, cinto da la sua eterna corte, dopo bandite le notturne faci, ornando di nuovo giorno il mondo, risospinga il trionfante carro dal vermiglio grembo di questa vaga Aurora. Vale.

GIORDANO NOLANO

AI PRINCIPI DE L'UNIVERSO

Lethaeo undantem retinens ab origine campum
Emigret o Titan, et petat astra precor.

Errantes stellae, spectate procedere in orbem
Me geminum, si vos hoc reserastis iter.

Dent geminas somni portas laxarier usque,
Vestrae per vacuum me properante vices:

Obductum tenuitque diu quod tempus avarum,
Mi liceat densis promere de tenebris.

Ad partum properare tuum, mens aegra, quid obstat,
Seclo haec indigno sint tribuenda licet?

Umbrarum fluctu terras mergente, cacumen
Adtolle in clarum, noster Olimpe, Iovem.

AL PROPRIO SPIRTO

Mons[,] licet innixum tellus radicibus altis
Te capiat, tendi vertice in astra vales.

Mens[,] cognata vocat summo de culmine rerum,
Discrimen quo sis manibus atque Iovi.

Ne perdas hic iura tui fundoque recumbens
Impetitus tingas nigri Acherontis aquas.

At mage sublimeis tentet natura recessus,
Nam, tangente Deo, fervidus ignis eris.

AL TEMPO

Lente senex, idemque celer, claudensque relaxans[:]
Anne bonum quis te dixerit, anne malum?

Largus es, esque tenax: quae munera porrigis, aufers;
Quique parens aderas, ipse peremptor ades[:]

Visceribusque educta tuis in viscera condis,
Tu cui prompta sinu carpere fauce licet.

Omnia cumque facis cumque omnia destruis, hinc te
Nonne bonum possem dicere, nonne malum?

Porro ubi tu diro rabidus frustraberis ictu,
Falce minax illo tendere parce manus,

Nulla ubi pressa Chaos atri vestigia parent
Ne videare bonus, ne videare malus[.]

DE L'AMORE

Amor, per cui tant'alto il ver discerno,
Ch'apre le porte di diamante e nere
Per gli occhi entra il mio nume; e per vedere
Nasce, vive, si nutre, ha regno eterno.

Fa scorger quant'ha il ciel terr'ed inferno,
Fa presente d'absenti effigie vere,
Repiglia forze, e, trando dritto, fere,
E impiaga sempre il cor, scuopre ogn'interno.

O dunque, volgo vile, al vero attendi,
Porgi l'orecchio al mio dir non fallace,
Apri, apri, se puoi, gli occhi, insano e bieco.

Fanciullo il credi, perché poco intendi;
Perché ratto ti cangi, ei par fugace[.]
Per esser orbo tu, lo chiami cieco.

Causa, principio ed uno sempiterno,
Onde l'esser, la vita, il moto pende,
E a lungo, a largo e profondo si stende
Quanto si dic'in ciel, terr'et inferno;

Con senso, con raggion, con mente scerno
Ch'atto, misura e conto non comprende
Quel vigor, mole e numero, che tende
Oltr'ogn'inferior, mezzo e superno.

Cieco error, tempo avaro, ria fortuna,
Sord'invidia, vil rabbia, iniquo zelo,
Crudo cor, empio ingegno, strano ardire

Non bastaranno a farmi l'aria bruna,
Non mi porrann'avanti gli occhi il velo,
Non faran mai che il mio bel sol non mire.

DIALOGO PRIMO

INTERLOCUTORI

Elitropio, Filoteo, Armesso.

Elitropio. Qual rei nelle tenebre avezzi, che, liberati dal fondo di qualche oscura torre, escono alla luce, molti degli essercitati nella volgar filosofia et altri paventaranno, admiraranno e, (non possendo soffrire il nuovo sole de' tuoi chiari concetti) si turbaranno.

Filoteo. Il difetto non è di luce, ma di lumi: quanto in sé sarà piú bello e piú eccellente il sole, tanto sarà agli occhi de le notturne strige odioso e discaro di vantaggio.

Elitropio. La impresa che hai tolta, o Filoteo, è difficile, rara e singulare, mentre dal cieco abisso vuoi cacciarne e amenarne al discoperto, tranquillo e sereno aspetto de le stelle, che con sí bella varietade veggiamo disseminate per il ceruleo manto del cielo. Benché agli uomini soli l'aitatrice mano di tuo piatoso zelo soccorra, non saran però meno varii gli effetti de ingrati verso di te, che varii son gli animali che la benigna terra genera e nodrisce nel suo materno e capace seno; se gli è vero che la specie umana, particularmente negl'individui suoi, mostra de tutte l'altre la varietade per esser in ciascuno piú espressamente il tutto, che in quelli d'altre specie. Onde vedransi questi che, qual'appannata talpa, non sí tosto sentiranno l'aria discorperto, che di bel nuovo, risfossiccando la terra, tentaranno agli nativi oscuri penetrali; quelli, qual notturni ucelli, non sí tosto arran veduta spuntar dal lucido oriente la vermiglia ambasciatrice del sole, che dalla imbecillità degli occhi suoi verranno invitati alla caliginosa ritretta. Gli animanti tutti, banditi dall'aspetto de le lampadi celesti e destinati all'eterne gabbie, bolge ed antri di Plutone, dal spaventoso ed erinnico corno d'Alecto richiamati, apriran l'ali e drizzaranno il veloce corso alle lor stanze. Ma gli animanti nati per vedere il sole, gionti al termine dell'odiosa notte, ringraziando la benignità del cielo e disponendosi a ricevere nel centro del globoso cristallo degli occhi suoi gli tanto bramosi e aspettati rai, con disusato applauso di cuore, di voce e di mano adoraranno l'oriente; dal cui dorato balco, avendo cacciati gli focosi destrieri il vago Titane, rotto il sonnacchioso silenzio de l'umida notte, raggionaranno gli uomini, belaranno gli facili, inermi e semplici lanuti greggi, gli cornuti armenti sotto la cura de' ruvidi bifolchi muggiranno. Gli cavalli di Sileno, perché di nuovo, in favor degli smarriti dei, possano dar spavento ai piú de lor stupidi gigantoni, ragghiaranno; versandosi nel suo limoso letto, con importun gruito ne assordiranno gli sannuti ciacchi. Le tigri, gli orsi, gli leoni, i lupi e le fallaci golpi, cacciando da sue spelunche il capo, da le deserte alture contemplando il piano campo de la caccia, mandaranno dal ferino petto i lor grunniti, ricti, bruiti, fremiti, ruggiti ed orli. Ne l'aria e su le frondi di ramose piante, gli galli, le aquile, li pavoni, le grue, le tortore, i merli, i passari, i rosignoli, le cornacchie, le piche, gli corvi, gli cuculi e le cicade non sarran negligenti di replicar e radoppiar gli suoi garriti strepitosi. Dal liquido e instabile campo ancora, li bianchi cigni, le molticolorate anitre, gli solleciti merghi, gli paludosi bruchii, le ocche rauche, le querulose rane ne toccaranno l'orecchie col suo rumore, di sorte ch'il caldo lume di questo sole, diffuso all'aria di questo piú fortunato emisfero, verrà accompagnato, salutato e forse molestato da tante e tali diversitadi de voci, quanti e quali son spirti che dal profondo di proprii petti le caccian fuori.

Filoteo. Non solo è ordinario, ma anco naturale e necessario, che ogni animale faccia la sua voce; e non è possibile che le bestie formino regolati accenti e articulati suoni come gli uomini, come contrarie le complessioni, diversi i gusti, varii gli nutrimenti.

Armesso. Di grazia, concedetemi libertà di dir la parte mia ancora; non circa la luce, ma circa alcune circustanze, per le quali non tanto si suol consolare il senso, quanto molestar il sentimento di chi vede e considera; perché, per vostra pace e vostra quiete, la quale con fraterna caritade vi desio, non vorrei che di questi vostri discorsi vegnan formate comedie, tragedie, lamenti, dialogi, o come vogliam dire, simili a quelli che poco tempo fa, per esserno essi usciti in campo a spasso, vi hanno forzato di starvi rinchiusi e retirati in casa.

Filoteo. Dite liberamente.

Armesso. Io non parlarò come santo profeta, come astratto divino, come assumpto apocaliptico, né quale angelicata asina di Balaamo; non raggionarò come inspirato da Bacco, né gonfiato di vento da le puttane muse di Parnaso, o come una Sibilla impregnata da Febo, o come una fatidica Cassandra, né qual ingombrato da le unghie de' piedi sin alla cima di capegli de l'entusiasmo apollinesco, né qual vate illuminato nell'oraculo o delfico tripode, né come Edipo esquisito contra gli nodi della Sfinge, né come un Salomone inver gli enigmi della regina Sabba, né qual Calcante, interprete dell'olimpico senato; né come un inspiritato Merlino, o come uscito dall'antro di Trofonio. Ma parlarò per l'ordinario e per volgare, come uomo che ho avuto altro pensiero che d'andarmi lambiccando il succhio de la grande e piccola nuca, con farmi al fine rimanere in secco la dura e pia madre; come uomo, dico, che non ho altro cervello ch'il mio; a cui manco gli dei dell'ultima cotta e da tinello nella corte celestiale (quei dico che non bevono ambrosia, né gustan nettare, ma vi si tolgon la sete col basso de le botte e vini rinversati, se non vogliono far stima de linfe e ninfe, quei, dico, che sogliono esser piú domestici, familiari e conversabili con noi), come è dire né il dio Bacco, né quel imbreaco cavalcator de l'asino, né Pane, né Vertunno, né Fauno, né Priapo, si degnano cacciarmene una pagliusca di piú e di vantaggio dentro, quantunque sogliano far copia de' fatti lor sin ai cavalli.

Elitropio. Troppo lungo proemio.

Armesso. Pacienza, che la conclusione sarà breve. Voglio dir.brevemente, che vi farò udir paroli, che non bisogna disciferarle come poste in distillazione, passate per lambicco, digerite dal bagno di maria, e subblimate in recipe di quinta essenza; ma tale quali m'insaccò nel capo la nutriccia, la quale era quasi tanto cotennuta, pettoruta, ventruta, fiancuta e naticuta, quanto può essere quella londriota, che viddi a Westmester; la quale, per iscaldatoio del stomaco, ha un paio di tettazze, che paiono gli borzacchini del gigante san Sparagorio, e che, concie in cuoio, varrebbono sicuramente a far due pive ferrarese.

Elitropio. E questo potrebe bastare per un proemio.

Armesso. Or su, per venire al resto, vorrei intendere da voi (lasciando un poco da canto le voci e le lingue a proposito del lume e splendor che possa apportar la vostra filosofia) con che voci volete che sia salutato particolarmente da noi quel lustro di dottrina, che esce dal libro de la *Cena de le ceneri*? Quali animali son quelli che hanno recitata la *Cena de le ceneri*? Dimando, se sono acquatici, o aerei, o terrestri, o lunatici? E lasciando da canto gli propositi di Smitho, Prudenzio e Frulla, desidero di sapere, se fallano coloro che dicono, che tu fai la voce di un cane rabbioso e infuriato, oltre che talvolta fai la simia, talvolta il lupo, talvolta la pica, talvolta il papagallo, talvolta un animale talvolta un altro, meschiando propositi gravi e seriosi, morali e naturali, ignobili e nobili, filosofici e comici?

Filoteo. Non vi maravigliate, fratello, perché questa non fu altro ch'una cena, dove gli cervelli vegnono governati dagli affetti, quali gli vegnon porgiuti dall'efficacia di sapori e fumi de le bevande e cibi. Qual dunque può essere la cena materiale e corporale, tale conseguentemente succede la verbale e spirituale; cossí dunque questa dialogale ha le sue parti varie e diverse, qual varie e diverse quell'altra suole aver le sue; non altrimente questa ha le proprie condizioni, circonstanze e mezzi, che come le proprie potrebbe aver quella.

Armesso. Di grazia, fate ch'io vi intenda.

Filoteo. Ivi, come è l'ordinario e il dovero, soglion trovarsi cose da insalata da pasto, da frutti da ordinario, da cocina da speciaria, da sani da amalati, di freddo di caldo, di crudo di cotto, di acquatico di terrestre, di domestico di selvatico, di rosto di lesso, di maturo di acerbo, e cose da nutrimento solo e da gusto, sustanziose e leggieri, salse e inspide, agreste e dolci, amare e suavi. Cossí quivi, per certa conseguenza, vi sono apparse le sue contrarietadi e diversitadi, accomodate a contrarii e diversi stomachi e gusti, a' quali può piacere di farsi presenti al nostro tipico simposio, a fine che non sia chi si lamente di esservi gionto invano, e a chi non piace di questo, prenda di quell'altro.

Armesso. È vero; ma che dirai, se oltre nel vostro convito, ne la vostra cena appariranno cose, che non son buone né per insalata né per pasto, né per frutti né per ordinario, né fredde né calde, né crude né cotte, né vagliano per l'appetito né per fame, non son buone per sani né per ammalati, e conviene che non escano da mani di cuoco né di speciale?

Filoteo. Vedrai che né in questo la nostra cena è dissimile a qualunqu'altra esser possa. Come dunque là, nel piú bel del mangiare, o ti scotta qualche troppo caldo boccone, di maniera che bisogna cacciarlo de bel nuovo fuora, o piangendo e lagrimando mandarlo vagheggiando per il palato sin tanto che se gli possa donar quella maladetta spinta per il gargazzuolo al basso; overo ti si stupefà qualche dente, o te s'intercepe la lingua che viene ad esser morduta con il pane, o qualche lapillo te si viene a rompere e incalcinarsi tra gli denti per farti regittar tutto il boccone, o qualche pelo o capello del cuoco ti s'inveschia nel palato per farti presso che vomire, o te s'arresta qualche aresta di pesce ne la canna a farti suavemente tussire, o qualche ossetto te s'attraversa ne la gola per metterti in pericolo di suffocare; cossí nella nostra cena, per nostra e comun disgrazia, vi si son trovate cose corrispondenti e proporzionali a quelle. Il che tutto avviene per il peccato dell'antico protoplaste Adamo, per cui la perversa natura umana è condannata ad aver sempre i disgusti gionti ai gusti.

Armesso. Pia e santamente. Or che rispondete a quel che dicono, che voi siete un rabbioso cinico?

Filoteo. Concederò facilmente, se non tutto, parte di questo.

Armesso. Ma sapete che non è vituperio ad un uomo tanto di ricevere oltraggi, quanto di farne?

Filoteo. Ma basta che gli miei sieno chiamati vendette, e gli altrui sieno chiamati offese.

Armesso. Anco gli Dei son suggetti a ricevere ingiurie, patir infamie e comportar biasimi: ma biasimare, infamare e ingiuriare è proprio de' vili, ignobili, dappoco e scelerati.

Filoteo. Questo è vero; però noi non ingiuriamo, ma ributtiamo l'ingiurie, che son fatte non tanto a noi, quanto a la filosofia spreggiata, con far di modo ch'agli ricevuti dispiaceri non s'aggiongano degli altri.

Armesso. Volete, dunque, parer cane che morde, a fin che non ardisca ognuno di molestarvi?

Filoteo. Cossí è, perché desidero la quiete, e mi dispiace il dispiacere.

Armesso. Sí, ma giudicano che procedete troppo rigorosamente.

Filoteo. A fine che non tornino un'altra volta essi, ed altri imparino di non venir a disputar meco e con altro, trattando con simili mezzi termini queste conclusioni.

Armesso. La offesa fu privata, la vendetta è publica.

Filoteo. Non per questo è ingiusta; perché molti errori si commettono in privato, che giustamente si castigano in publico.

Armesso. Ma con ciò venite a guastare la vostra riputazione, e vi fate piú biasimevole che coloro; perché publicamente se dirà che siete impaziente, fantastico, bizarro, capo sventato.

Filoteo. Non mi curo, pur che oltre non mi siano essi o altri molesti; e per questo mostro il cinico bastone, acciò che mi lascino star co' fatti miei in pace; e se non mi vogliono far carezze, non vegnano ad esercitar la loro inciviltà sopra di me.

Armesso. Or vi par che tocca ad un filosofo di star su la vendetta?

Filoteo. Se questi che mi molestano fussero una Xantippe, io sarei un Socrate.

Armesso. Non sai che la longanimità e pazienza sta bene a tutti, per la quale vegnano ad esser simili agli eroi ed eminenti Dei; che, secondo alcuni, si vendicano tardi, e, secondo altri, né si vendicano né si adirano?

Filoteo. T'inganni pensando ch'io sia stato su la vendetta.

Armesso. E che dunque?

Filoteo. Io son stato su la correzione, nell'esercizio della quale ancora siamo simili agli Dei. Sai che il povero Vulcano è stato dispensato da Giove di lavorare anco gli giorni di festa; e quella maladetta incudine non si lassa o stanca mai a comportar le scosse di tanti e sí fieri martelli, che non sí tosto è alzato l'uno che l'altro è chinato, per far che gli giusti folgori, con gli quali gli delinquenti e rei si castigheno, non vegnan meno.

Armesso. È differenza tra voi e il fabro di Giove e marito della ciprigna dea.

Filoteo. Basta che ancora non son dissimile a quelli forse nella pazienza e longanimità; la quale in quel fatto ho essercitata, non rallentando tutto il freno al sdegno, né toccando di piú forte sprone l'ira.

Armesso. Non tocca ad ognuno di essere correttore, massime de la moltitudine.

Filoteo. Dite ancora, massime quando quella non lo tocca.

Armesso. Si dice che non devi esser sollecito nella patria aliena.

Filoteo. E io dico due cose: prima, che non si deve uccidere un medico straniero, perché tenta di far quelle cure che non fanno i paesani; secondo dico, che al vero filosofo ogni terreno è patria.

Armesso. Ma se loro non ti accettano né per filosofo né per medico, né per paesano?

Filoteo. Non per questo mancarà ch'io sia.

Armesso. Chi ve ne fa fede?

Filoteo. Gli numi che me vi han messo, io che me vi ritrovo, e quelli ch'hanno gli occhi, che me vi veggono.

Armesso. Hai pochissimi e poco noti testimoni.

Filoteo. Pochissimi e poco noti sono gli veri medici, quasi tutti sono veri amalati. Torno a dire, che loro non hanno libertà altri di fare, altri di permettere che sieno fatti tali trattamenti a quei che porgono onorate merci, o sieno stranieri o non.

Armesso. Pochi conoscono queste merci.

Filoteo. Non per questo le gemme sono men preciose e non le doviamo con tutto il nostro forzo defendere e farle defendere, liberare e vendicare dalla conculcazione de' piè porcini con ogni possibil rigore. E cossí mi sieno propicii gli superi, Armesso mio, che io mai feci di simili vendette per sordido amor proprio o per villana cura d'uomo particulare, ma per amor della mia tanto amata madre filosofia e per zelo della lesa maestà di quella. La quale da' mentiti familiari e figli (perché non è vil pedante, poltron dizionario, stupido fauno, ignorante cavallo, che, o con mostrarsi carco di libri, con allungarsi la barba o con altre maniere mettersi in prosopopeia, non voglia intitolarsi de la fameglia) è ridutta a tale, che appresso il volgo tanto val dire un filosofo, quanto un frappone, un disutile, pedantaccio, circulatore, saltainbanco, ciarlatano, buono per servir per passatempo in casa e per spavantacchio d'ucelli a la campagna.

Elitropio. A dire il vero, la famiglia de' filosofi è stimata piú vile dalla maggior parte del mondo, che la famiglia de' cappellani; perché non tanto quelli, assunti da ogni specie di gentaglie, hanno messo il sacerdocio in dispregio, quanto questi, nominati da ogni geno di bestiali, hanno posto la filosofia in vilipendio.

Filoteo. Lodiamo, dunque, nel suo geno l'antiquità, quando tali erano gli filosofi che da quelli si promovevano ad essere legislatori, consiliarii e regi; tali erano consiliarii e regi, che da questo essere s'inalzavano a essere sacerdoti. A questi tempi la massima parte di sacerdoti son tali, che son spreggiati essi, e per essi son spreggiate le leggi divine; son tali quasi tutti quei che veggiamo filosofi, che essi son vilipesi, e per essi le scienze vegnono vilipese. Oltre che, tra questi la moltitudine de forfanti, come di urtiche, con gli contrari sogni suole dal suo canto ancora opprimere la rara virtú e veritade, la qual si mostra ai rari.

Armesso. Non trovo filosofo che s'adire sí per la spreggiata filosofia, né, o Elitropio, scorgo alcuno sí affetto per la sua scienza, quanto questo Teofilo; che sarebbe, se tutti gli altri filosofi fussero della medesima condizione, voglio dire sí poco pazienti?

Elitropio. Questi altri filosofi non hanno ritrovato tanto, non hanno tanto da guardare, non hanno da difender tanto. Facilmente possono ancor essi tener a vile quella filosofia che non val nulla, o altra che val poco, o quella che non conoscono; ma colui che ha trovata la verità, che è un tesoro ascoso, acceso da la beltà di quel volto divino, non meno doviene geloso perché la non sia defraudata, negletta e contaminata, che possa essere un altro sordido affetto sopra l'oro, carbuncolo e diamante, o sopra una carogna di bellezza feminile.

Armesso. Ma ritorniamo a noi, e vengamo al *quia*. Dicono di voi, Teofilo, che in quella vostra *Cena* tassate e ingiuriate tutta una città, tutta una provinzia, tutto un regno.

Filoteo. Questo mai pensai, mai intesi, mai feci; e se l'avesse pensato, inteso o fatto, io mi condannerei pessimo, e sarei apparecchiato a mille retrattazioni, a mille revocazioni, a mille palinodie; non solamente s'io avesse ingiuriato un nobile e antico regno, come è questo, ma qualsivoglia altro, quantunque stimato barbaro: non solamente dico qualsivoglia città, quantunque diffamata incivile, ma e qualsivoglia lignaggio, quantunque divolgato salvaggio, ma e qualsivoglia fameglia, quantunque nominata inospitale: perché non può essere regno, città, prole o casa intiera, la quale possa o si deve presupponere d'un medesimo umore, e dove non possano essere opposti o contrarii costumi; di sorte che quel che piace a l'uno, non possa dispiacere all'altro.

Armesso. Certo, quanto a me, che ho letto e riletto e ben considerato il tutto, benché circa particolari non so perché vi trovo alquanto troppo effuso, circa il generale vi veggo castigata ragionevole e discretamente procedere: ma il rumore è sparso nel modo ch'io vi dico.

Elitropio. Il rumore di questo e altro è stato sparso dalla viltà di alcuni di quei che si senton ritoccati; li quali, desiderosi di vendetta, veggendosi insufficienti con propria raggione, dottrina, ingegno e forza, oltre che fingono quante altre possono falsitadi, alle quali altri che simili a loro non possono porger fede, cercano compagnia con fare ch'il castigo particolare sia stimato ingiuria commune.

Armesso. Anzi credo che sieno di persone non senza giudicio e conseglio, le quali pensano l'ingiuria universale, perché manifestate tai costumi in persone di tal generazione.

Filoteo. Or quai costumi son questi nominati, che simili, peggiori e molti piú strani in geno, specie e numero non si trovino in luoghi delle parti e provinze piú eccellenti del mondo? Mi chiamerete forse ingiurioso e ingrato alla mia patria, s'io dicesse che simili e piú criminali costumi se ritrovano in Italia, in Napoli, in Nola? Verrò forse per questo a digradir quella regione gradita dal cielo e posta insieme insieme talvolta capo e destra di questo globo, governatrice e domitrice dell'altre generazioni, e sempre da noi ed altri è stata stimata maestra, nutrice e madre de tutte le virtudi, discipline, umanitadi, modestie e cortesie, se si verrà ad essagerar di vantaggio quel che di quella han cantato gli nostri medesimi poeti che non meno la fanno maestra di tutti vizii, inganni, avarizie e crudeltadi?

Elitropio. Questo è certo secondo gli principii della vostra filosofia; per i quali volete che gli contrarii hanno coincidenza ne' principii e prossimi suggetti: perché que' medesimi ingegni, che sono attissimi ad alte, virtuose e generose imprese, se fian perversi, vanno a precipitar in vizii estremi. Oltre che là si sogliono trovare piú rari e scelti ingegni, dove per il comune sono piú ignoranti e sciocchi, e dove per il piú generale son meno civili e cortesi, nel piú particulare si trovano de cortesie e urbanitadi estreme: di sorte che, in diverse maniere, a molte generazioni pare che sia data medesima misura de perfezioni e imperfezioni.

Filoteo. Dite il vero.

Armesso. Con tutto ciò io, come molti altri meco, mi dolgo, Teofilo, che voi nella nostra amorevol patria siate incorsi a tali suppositi, che vi hanno porgiuta occasione di lamentarvi con una cinericia cena, che ad altri ed altri molti che vi avesser fatto manifesto, quanto questo nostro paese, quantunque sia detto da' vostri *penitus toto divisus ab orbe*, sia prono a tutti gli studi de buone lettere, armi, cavalleria, umanitadi e cortesie; nelle quali, per quanto comporta delle nostre forze il nerbo, ne forziamo di non essere inferiori a' nostri maggiori e vinti da le altre generazioni; massime da quelle che si stimano aver le nobilitadi, le scienze, le armi, e civilitadi come da natura.

Filoteo. Per mia fede, Armesso, che in quanto riferisci io non debbo né saprei con le paroli, né con le raggioni, né con la conscienza contradirvi, perché con ogni desterità di modestia e di argomenti fate la vostra causa. Però io per voi, come per quello che non vi siete avicinato con un barbaro orgoglio, comincio a pentirmi, e prendere a dispiacere di aver ricevuta materia da que' prefati, di contristar voi e altri d'onestissima e umana complessione: però bramarei che que' dialogi non fussero prodotti, e se a voi piace, mi forzarò che oltre non vengan in luce.

Armesso. La mia contristazione, con quella d'altri nobilissimi, tanto manca che proceda dalla divolgazione de quei dialogi, che facilmente procurarei che fussero tradotti in nostro idioma, a fin che servissero per una lezione a quei poco e male accostumati, che son tra noi; che forse, quando vedessero con qual stomaco son presi e con quai delineamenti son descritti gli suoi discortesi rancontri e quanto quelli sono mal significativi, potrebbe essere che, se, per buona disciplina e buono essempio che veggano negli megliori e maggiori, non si vogliono ritrar da quel camino, almeno vegnano a cangiarsi e conformarsi a quelli, per vergogna di esserno connumerati tra tali e quali; imparando che l'onor de le persone e la bravura non consiste in posser e saper con que' modi esser molesto, ma nel contrario a fatto.

Elitropio. Molto vi mostrate discreto e accorto nella causa de la vostra patria, e non siete verso gli altrui buoni uffici ingrato e irreconoscente, quali esser possono molti poveri d'argumento e di consiglio. Ma Filoteo non mi par tanto aveduto per conservar la sua riputazione e defendere la sua persona; perché, quanto è differente la nobiltade dalla rusticitade, tanto contrarii effetti si denno sperare e temere in un Scita villano, il quale riuscirà savio e per il buon successo verrà celebrato, se, partendosi dalle ripe del Danubio, vada con audace riprension e giusta querela a tentar l'autorità e maestà del Romano Senato; che dal colui biasimo e invettiva sappia prendere occasione di fabricarvi sopra atto di estrema prudenza e magnanimitade, onorando il suo rigido riprensore di statua e di colosso; che se un gentiluomo e Senator Romano per il mal successo possa riuscir poco savio, lasciando le amene sponde del suo Tevere, sen vada, anco con giusta querela e raggionevolissima riprensione, a tentar gli scitici villani; che da quello prendano occasione di fabricar torri e Babilonie d'argumenti di maggior viltade, infamia e rusticitade, con lapidarlo, rallentando alla furia populare il freno, per far meglio sapere all'altre generazioni quanta differenza sia di contrattare e ritrovarsi tra gli uomini e tra color che son fatti ad imagine e similitudine di quelli.

Armesso. Non fia mai vero, o Teofilo, che io debba o possa stimare che sia degno ch'io, o altro che ha piú sale di me, voglia prendere la causa e protezione di costoro, che son materia de la vostra satira, come per gente e persone del paese, alla cui difension dall'istessa legge naturale siamo incitati; perché non confessarò giamai, e non sarò giamai altro che nemico de chi affirmasse, che costoro sieno parte e membri de la nostra patria, la quale non consta d'altro che di persone cossí nobili, civili, accostumate, disciplinate, discrete, umane, raggionevoli come altra qualsivoglia. Dove, benché vegnan contenuti questi, certo non vi si trovano altrimente che come lordura, feccia, lettame e carogna; di tal sorte, che non potrebono con altro modo esser chiamati parte di regno e di cittade, che la sentina parte de la nave. E però per simili tanto manca che noi doviamo risentirci, che, risentendoci, doveneremmo vituperosi. Da questi non escludo gran parte di dottori e preti, de' quali quantunque alcuni per mezzo del dottorato doventano signori, tuttavolta per il piú quella autorità villanesca, che prima non ardivano mostrare, appresso per la baldanza e presunzione, che se gli aggiunge dalla riputazion di letterato e prete, vegnono audace e magnanimamente a porla in campo; laonde non è maraviglia se vedete molti e molti, che con quel dottorato e presbiterato sanno piú di armento, mandra e stalla, che quei che sono attualmente strigliacavallo, capraio e bifolco. Per questo non arrei voluto che sí aspramente vi fuste portato verso la nostra Universitade ancora, quasi non perdonando al generale, né avendo rispetto a quel che è stata, sarà o potrà essere per l'avvenire, e in parte è al presente.

Filoteo. Non vi affannate, perché, benché quella ne sia presentata per filo in questa occasione, tutta volta non fa tale errore che simile non facciano tutte l'altre che si stimano maggiori, e per il piú sotto titolo di dottori cacciano annulati cavalli e asini diademati. Non gli toglio però quanto da principio sia stata bene instituita, gli begli ordini di studii, la gravità di ceremonie, la disposizione degli esercizii, decoro degli abiti e altre molte circostanze che fanno alla necessità e ornamento di una academia; onde, senza dubio alcuno, non è chi non debba confessarla prima in tutta l'Europa e per conseguenza in tutto il mondo. E non niego che, quanto alla gentilezza di spirti e acutezza de ingegni, gli quali naturalmente l'una e l'altra parte de la Brittannia produce, sia simile e possa esser equale a quelle tutte che son veramente eccellentissime. Né meno è persa la memoria di quel, che, prima che le lettere speculative si ritrovassero nell'altre parti de l'Europa, fiorirno in questo loco; e da que' suoi principi de la metafisica, quantunque barbari di lingua e cucullati di professione, è stato il splendor d'una nobilissima e rara parte di filosofia (la quale a' tempi nostri è quasi estinta) diffuso a tutte l'altre academie de le non barbare provincie. Ma quello che mi ha molestato e mi dona insieme insieme fastidio e riso, è, che con questo che io non trovo piú romani e piú attici di lingua che in questo loco, del resto (parlo del piú generale) si vantano di essere al tutto dissimili e contrarii a quei che furon prima; li quali, poco solleciti de l'eloquenza e rigor grammaticale, erano tutti intenti alle speculazioni, che da costoro son chiamate Sofismi. Ma io piú stimo la metafisica di quelli, nella quale hanno avanzato il lor prencipe Aristotele (quantunque impura e insporcata con certe vane conclusioni e teoremi, che non sono filosofici né teologali, ma da ociosi e mal impiegati ingegni), che quanto possono apportar questi de la presente etade con tutta la lor ciceroniana eloquenza e arte declamatoria.

Armesso. Queste non son cose da spreggiare.

Filoteo. È vero; ma, dovendosi far elezione de l'un de' doi, io stimo piú la coltura dell'ingegno, quantunque sordida la fusse, che di quantunque disertissime paroli e lingue.

Elitropio. Questo proposito mi fa ricordar di fra Ventura: il quale, trattando un passo del santo Vangelo, che dice REDDITE QUÆSUNT CÆSARIS CÆSARI, apportò a proposito tutti gli nomi de le monete che sono state a' tempi di romani, con le loro marche e pesi, che non so da qual diavolo di annale o scartafaccio l'avesse racolti, che furono piú di cento e vinti, per farne conoscere quanto era studioso e retentivo. A costui, finito il sermone, essendosegli accostato un uom da bene, li disse: - Padre mio reverendo, di grazia, imprestatemi un carlino. - A cui rispose che lui era de l'ordine mendicante.

Armesso. A che fine dite questo?

Elitropio. Voglio dire che quei che son molto versati circa le dizioni e nomi, e non son solleciti delle cose, cavalcano la medesima mula con questo reverendo padre de le mule.

Armesso. Io credo che, oltre il studio de l'eloquenza, nella quale avanzano tutti gli loro antiqui, e non sono inferiori agli altri moderni, ancora non sono mendichi nella filosofica e altrimente speculative professioni; senza la perizia de le quali non possono esser promossi a grado alcuno; perché gli Statuti de l'università, alle quali sono astretti per giuramento, comportano che *nullus ad philosophiae et theologiae magisterium et doctoratum promoveatur, nisi epotaverit e fonte Aristotelis.*

Elitropio. Oh, io ve dirò quel ch'han fatto per non esser pergiuri. Di tre fontane, che sono nell'Università, all'una hanno imposto nome FONS *Aristotelis*, l'altra dicono FONS *Pythagorae*, l'altra chiamano FONS *Platonis*. Da questi tre fonti traendosi l'acqua per far la birra e la cervosa (de la qual acqua pure non mancano di bere i buoi e gli cavalli), conseguentemente non è persona, che, con esser dimorata meno che tre o quattro giorni in que' studii e collegii, non vegna ad esser imbibito non solamente del fonte di Aristotele, ma e oltre di Pitagora e Platone.

Armesso. Oimè, che voi dite pur troppo il vero. Quindi aviene, o Teofilo, che li dottori vanno a buon mercato come le sardelle, perché come con poca fatica si creano, si trovano, si pescano, cossí con poco prezzo si comprano. Or dunque, tale essendo appresso di noi il volgo di dottori in questa etade (riserbando però la reputazione d'alcuni celebri e per l'eloquenza e per la dottrina e per la civil cortesia, quali sono un Tobia Mattheo, un Culpepero, e altri che non so nominare), accade che tanto manca che uno, per chiamarsi dottore, possa esser stimato aver novo grado di nobiltade, che piú tosto è suspetto di contraria natura e condizione, se non sia particolarmente conosciuto. Quindi accade che quei, che per linea o per altro accidente son nobili, ancor che gli s'aggiunga la principal parte di nobiltà che è per la dottrina, si vergognano di graduarsi e farsi chiamar dottori, bastandogli l'esser dotti. E di questi arrete maggior numero ne le corti, che ritrovar si possano pedanti nell'Universitade.

Filoteo. Non vi lagnate, Armesso, perché in tutti i luoghi, dove son dottori e preti, si trova l'una e l'altra semenza di quelli; dove quei che sono veramenti dotti e veramente preti, benché promossi da bassa condizione, non può essere che non sieno inciviliti e nobilitati, perché la scienza è uno esquisitissimo camino a far l'animo umano eroico. Ma quegli altri tanto piú si mostrano espressamente rustici, quanto par che vogliano o col *divum pater* o col gigante Salmoneo altitonare, quando se la spasseggiano da purpurato satiro o fauno con quella spaventosa e imperial prosopopeia, dopo aver determinato nella catedra regentale a qual declinazione appartenga lo *hic, et haec, et hoc nihil*.

Armesso. Or lasciamo questi propositi. Che libro è questo che tenete in mano?

Filoteo. Son certi dialogi.

Armesso. La *Cena*?

Filoteo. No.

Armesso. Che dunque?

Filoteo. Altri, ne li quali si tratta *De la causa, principio e uno* secondo la via nostra.

Armesso. Quali interlocutori? Forse abbiamo quall'altro diavolo di Frulla o Prudenzio, che di bel nuovo ne mettano in qualche briga.

Filoteo. Non dubitate, che, tolto uno, tra gli altri tutti son suggetti quieti e onestissimi.

Armesso. Sí che, secondo il vostro dire, arremo pure da scardar qualche cosa in questi dialogi ancora?

Filoteo. Non dubitate, perché piú tosto sarrete grattato dove vi prore, che stuzzicato dove vi duole.

Armesso. Pure?

Filoteo. Qua per uno trovarete quel dotto, onesto, amorevole, ben creato e tanto fidele amico Alessandro Dicsono Arelio, che il Nolano ama quanto gli occhi suoi; il quale è causa che questa materia sia stata messa in campo. Lui è introdutto come quello, che porge materia di considerazione al Teofilo. Per il secondo avete Teofilo, che sono io; che secondo le occasioni, vegno a distinguere, definire e dimostrare circa la suggetta materia. Per il terzo avete Gervasio, uomo che non è de la professione; ma per passatempo vuole esser presente alle nostre conferenze; ed è una persona che non odora né puzza e che prende per comedia gli fatti di Polihimnio e da passo in passo gli dona campo di fargli esercitar la pazzia. Questo sacrilego pedante avete per il quarto: uno de' rigidi censori di filosofi, onde si afferma Momo, uno affettissimo circa il suo gregge di scolastici, onde si noma nell'amor socratico; uno, perpetuo nemico del femineo sesso, onde, per non esser fisico, si stima Orfeo, Museo, Titiro e Anfione. Questo è un di quelli, che, quando ti arran fatto una bella construzione, prodotta una elegante epistolina, scroccata una bella frase da la popina ciceroniana, qua è risuscitato Demostene, qua vegeta Tullio, qua vive Salustio; qua è un Argo, che vede ogni lettera, ogni sillaba, ogni dizione; qua Radamanto *umbras vocat ille silentum*; qua Minoe, re di Creta, *urnam movet*. Chiamano all'essamina le orazioni; fanno discussione de le frase, con dire: - queste sanno di poeta, queste di comico, questa di oratore; questo è grave, questo è lieve, quello è sublime, quell'altro è *humile dicendi genus*; questa orazione è aspera; sarrebe leve, se fusse formata cossí; questo è uno infante scrittore, poco studioso de la antiquità, *non redolet Arpinatem, desipit Latium.* Questa voce non è tosca, non è usurpata da Boccaccio, Petrarca e altri probati autori. Non si scrive homo, ma omo; non honore, ma onore; non Polihimnio, ma Polihimnio. - Con questo triomfa, si contenta di sé, gli piaceno piú ch'ogn'altra cosa i fatti suoi: è un Giove, che, da l'alta specula, remira, e considera la vita degli altri uomini suggetta a tanti errori, calamitadi, miserie, fatiche inutili. Solo lui è felice, lui solo vive vita celeste, quando contempla la sua divinità nel specchio d'un *Spicilegio*, un *Dizionario*, un Calepino, un *Lessico*, un *Cornucopia*, un Nizzolio. Con questa sufficienza dotato, mentre ciascuno è uno, lui solo è tutto. Se avvien che rida si chiama Democrito, s'avvien che si dolga si chiama Eraclito, se disputa si chiama Crisippo, se discorre si noma Aristotele, se fa chimere si appella Platone, se mugge un sermoncello se intitula Demostene, se construisce Virgilio lui è il Marone. Qua correge Achille, approva Enea, riprende Ettore, esclama contro Pirro, si condole di Priamo, arguisce Turno, iscusa Didone, comenda Acate; e in fine, mentre *verbum verbo reddit* e infilza salvatiche sinonimie, *nihil divinum a se alienum putat.* E cossí borioso smontando da la sua catedra, come colui ch'ha disposti i cieli, regolati i senati, domati eserciti, riformati i mondi, è certo che, se non fusse l'ingiuria del tempo, farebbe con gli effetti quello che fa con l'opinione. - *O tempora, o mores!* Quanti son rari quei che intendeno la natura de' participi, degli adverbii, delle coniunctioni! Quanto tempo è scorso, che non s'è trovata la raggione e vera causa, per cui l'adiectivo deve concordare col sustantivo, il relativo con l'antecedente deve coire, e con che regola ora si pone avanti, ora addietro de l'orazione; e con che misure e quali ordini vi s'intermesceno quelle interiezione *dolentis, gaudentis, heu, oh, ahi, ah, hem, ohe, hui,* ed altri condimenti, senza i quali tutto il discorso è insipidissimo?

Elitropio. Dite quel che volete, intendetela come vi piace; io dico, che per la felicità de la vita è meglio stimarsi Creso ed esser povero, che tenersi povero ed esser Creso. Non è piú convenevole alla beatitudine aver una zucca che ti paia bella e ti contente, che una Leda, una Elena, che ti dia noia e ti vegna in fastidio? Che dunque importa a costoro l'essere ignoranti e ignobilmente occupati, se tanto son piú felici, quanto piú solamente piaceno a se medesimi? Cossí è buona l'erba fresca a l'asino, l'orgio al cavallo, come a te il pane di puccia e la perdice; cossí si contenta il porco de le ghiande e il brodo, come un Giove de l'ambrosia e nettare. Volete forse togliere costoro da quella dolce pazzia, per la qual cura appresso ti derrebono rompere il capo? Lascio che, chi sa se è pazzia questa o quella? Disse un pirroniano: chi conosce se il nostro stato è morte, e quello di quei che chiamiamo defunti, è vita? Cossí chi sa se tutta la felicità e vera beatitudine consiste nelle debite copulazioni e apposizioni de' membri dell'orazioni?

Armesso. Cossí è disposto il mondo: noi facciamo il Democrito sopra gli pedanti e grammatisti, gli solleciti corteggiani fanno il Democrito sopra di noi, gli poco penserosi monachi e preti democriteggiano sopra tutti; e reciprocamente gli pedanti si beffano di noi, noi di corteggiani, tutti degli monachi; e in conclusione, mentre l'uno è pazzo all'altro, verremo ad esser tutti differenti in specie e concordanti *in genere et numero et casu.*

Filoteo. Diverse per ciò son specie e maniere de le censure, varii sono gli gradi di quelle, ma le piú aspre, dure, orribili e spaventose son degli nostri archididascali. Però a questi doviamo piegar le ginocchia, chinar il capo, converter gli occhi ed alzar le mani, suspirar, lacrimar, esclamare e dimandar mercede. A voi dunque mi rivolgo, o chi portate in mano il caduceo di Mercurio per decidere ne le controversie, e determinate le questioni ch'accadeno tra gli mortali e tra gli dei; a voi, Menippi, che, assisi nel globo de la luna, con gli occhi ritorti e bassi ne mirate, avendo a schifo e sdegno i nostri gesti; a voi, scudieri di Pallade, antesignani di Minerva, castaldi di Mercurio, magnarii di Giove, collattanei di Apollo, manuarii d'Epimeteo, bottiglieri di Bacco, agasoni delle Evante, fustigatori de le Edonide, impulsori delle Tiade, subagitatori delle Menadi, subornatori delle

Bassaridi, equestri delle Mimallonidi, concubinarii della ninfa Egeria, correttori de l'intusiasmo, demagoghi del popolo errante, disciferatori di Demogorgone, Dioscori delle fluttuanti discipline, tesorieri del Pantamorfo, e capri emissarii del sommo pontefice Aron; a voi raccomandiamo la nostra prosa, sottomettemo le nostre muse, premisse, subsunzioni, digressioni, parentesi, applicazioni, clausule, periodi, costruzioni, adiettivazioni, epitetismi. O voi, suavissimi aquarioli, che con le belle eleganzucchie ne furate l'animo, ne legate il core, ne fascinate la mente, e mettete in prostribulo le meretricole anime nostre; riferite a buon conseglio i nostri barbarismi, date di punta a' nostri solecismi, turate le male olide voragini, castrate i nostri Sileni, imbracate gli nostri Nohemi, fate eunuchi di nostri macrologi, rappezzate le nostre eclipsi, affrenate gli nostri taftologi, moderate le nostre acrilogie, condonate a nostre escrilogie, iscusate i nostri perissologi, perdonate a' nostri cacocefati. Torno a scongiurarvi tutti in generale, e in particulare te, severo supercilioso e salvaticissimo maestro Polihimnio, che dismettiate quella rabbia contumace e quell'odio tanto criminale contra il nobilissimo sesso femenile; e non ne turbate quanto ha di bello il mondo, e il cielo con suoi tanti occhi scorge. Ritornate, ritornate a voi, e richiamate l'ingegno, per cui veggiate che questo vostro livore non è altro che mania espressa e frenetico furore. Chi è piú insensato e stupido, che quello che non vede la luce? Qual pazzia può esser piú abietta, che per raggion di sesso, esser nemico all'istessa natura, come quel barbaro re di Sarza, che, per aver imparato da voi, disse:

Natura non può far cosa perfetta

Poi che natura femina vien detta.

Considerate alquanto il vero, alzate l'occhio a l'albore de la scienza del bene e il male, vedete la contrarietà ed opposizione ch'è tra l'uno e l'altro. Mirate chi sono i maschi, chi sono le femine. Qua scorgete per suggetto il corpo, ch'è vostro amico, maschio, là l'anima che è vostra nemica, femina. Qua il maschio caos, là la femina disposizione; qua il sonno, là la vigili[i]a; qua il letargo, là la memoria; qua l'odio, là l'amicizia; qua il timore, là la sicurtà; qua il rigore, là la gentilezza; qua il scandalo, là la pace; qua il furore, là la quiete; qua l'errore, là la verità; qua il difetto, là la perfezione; qua l'inferno, là la felicità; qua Polihimnio pedante, là Poliinnia musa. E finalmente tutti vizii, mancamenti e delitti son maschi; e tutte le virtudi, eccellenze e bontadi son femine. Quindi la prudenza, la g[i]ustizia, la fortezza, la temperanza, la bellezza, la maestà, la dignità, la divinità, cossí si nominano, cossí s'imaginano, cossí si descriveno, cossí si pingono, cossí sono. E per uscir da queste raggioni teoriche, nozionali e grammaticali, convenienti al vostro argumento, e venire alle naturali, reali e prattiche: non ti deve bastar questo solo essempio a ligarti la lingua, e turarti la bocca, che ti farà confuso con quanti altri sono tuoi compagni, se ti dovesse mandare a ritrovare un maschio megliore o simile a questa Diva ELIZABETTA, che regna in Inghilterra; la quale, per esser tanto dotata, esaltata, faurita, difesa e mantenuta da' cieli, in vano si forzaranno di desmetterla l'altrui paroli o forze? A questa dama, dico, di cui non è chi sia piú degno in tutto il regno, non è chi sia piú eroico tra' nobili, non è chi sia piú dotto tra' togati, non è chi sia piú saggio tra' consulari? In comparazion de la quale, tanto per la corporal beltade, tanto per la cognizion de lingue da volgari e dotti, tanto per la notizia de le scienze ed arti, tanto per la prudenza nel governare, tanto per la felicitade di grande e lunga autoritade, quanto per tutte l'altre virtudi civili e naturali, vilissime sono le Sofonisbe, le Faustine, le Semirami, le Didoni, le Cleopatre ed altre tutte, de quali gloriar si possano l'Italia, la Grecia, l'Egitto e altre parti de l'Europa ed Asia per gli passati tempi? Testimoni mi sono gli effetti e il fortunato successo, che non senza nobil maraviglia rimira il secolo presente; quando nel dorso de l'Europa, correndo irato il Tevere, minaccioso il Po, violento il Rodano, sanguinosa la Senna, turbida la Garonna, rabbioso l'Ebro, furibondo il Tago, travagliata la Mosa, inquieto il Danubio; ella col splendor degli occhi suoi, per cinque lustri e piú s'ha fatto tranquilla il grande Oceano, che col continuo reflusso e flusso lieto e quieto accoglie nell'ampio seno il suo diletto Tamesi; il quale, fuor d'ogni tema e noia, sicuro e gaio si spasseggia, mentre serpe e riserpe per l'erbose sponde. Or dunque, per cominciar da capo, quali....

Armesso. Taci, taci, Filoteo non ti forzar di gionger acqua al nostro Oceano e lume al nostro sole: lascia di mostrarti abstratto, per non dirti peggio, disputando con gli absenti Poliinnii. Fatene un poco copia di questi presenti dialogi, a fine che non meniamo ocioso questo giorno e ore.

Filoteo. Prendete, leggete.

DIALOGO SECONDO

INTERLOCUTORI

Dicsono Arelio, Teofilo, Gervasio, Polihimnio.

Dicsono Arelio. Di grazia, maestro Polihimnio, e tu, Gervasio, non interrompete oltre i nostri discorsi.

Polihimnio. Fiat.

Gervasio. Se costui, che è il *magister*, parla, senza dubio io non posso tacere.

Dicsono Arelio. Sí che dite, Teofilo, che ogni cosa, che non è primo principio e prima causa, ha principio ed ha causa?

Teofilo. Senza dubio e senza controversia alcuna.

Dicsono Arelio. Credete per questo, che chi conosce le cose causate e principiate, conosca la causa e principio?

Teofilo. Non facilmente la causa prossima e principio prossimo, difficilissimamente, anco in vestigio, la causa principio primo.

Dicsono Arelio. Or come intendete che le cose, che hanno causa e principio primo e prossimo, siano veramente conosciute, se, secondo la raggione della causa efficiente (la quale è una di quelle che concorreno alla real cognizione de le cose), sono occolte?

Teofilo. Lascio che è facil cosa ordinare la dottrina demostrativa, ma il demostrare è difficile; agevolissima cosa è ordinare le cause, circostanze e metodi di dottrine; ma poi malamente gli nostri metodici e analitici metteno in esecuzione i loro organi, principii di metodi ed arti de le arti.

Gervasio. Come quei che san far sí belle spade, ma non le sanno adoperare.

Polihimnio. Ferme.

Gervasio. Fermàti te siano gli occhi, che mai le possi aprire.

Teofilo. Dico però che non si richiede dal filosofo naturale che ammeni tutte le cause e principii; ma le fisiche sole, e di queste le principali e proprie. Benché dunque, perché dependeno dal primo principio e causa, si dicano aver quella causa e quel principio, tuttavolta non è sí necessaria relazione, che da la cognizione de l'uno s'inferisca la cognizione de l'altro. E però non si richiede che vengano ordinati in una medesma disciplina.

Dicsono Arelio. Come questo?

Teofilo. Perché dalla cognizione di tutte cose dependenti non possiamo inferire altra notizia del primo principio e causa che per modo men efficace che di vestigio, essendo che il tutto deriva dalla sua volontà o bontà, la quale è principio della sua operazione, da cui procede l'universale effetto. Il che medesmo si può considerare ne le cose artificiali, in tanto che chi vede la statua, non vede il scultore; chi vede il ritratto di Elena, non vede Apelle, ma vede lo effetto de l'operazione che proviene da la bontà de l'ingegno d'Apelle, il che tutto è uno effetto degli accidenti e circostanze de la sustanza di quell'uomo, il quale, quanto al suo essere assoluto, non è conosciuto punto.

Dicsono Arelio. Tanto che conoscere l'universo, è come conoscer nulla dello essere e sustanza del primo principio, perché è come conoscere gli accidenti degli accidenti.

Teofilo. Cossí; ma non vorei che v'imaginaste ch'io intenda in Dio essere accidenti, o che possa esser conosciuto come per suoi accidenti.

Dicsono Arelio. Non vi attribuisco sí duro ingegno; e so che altro è dire essere accidenti, altro essere suoi accidenti, altro essere come suoi accidenti ogni cosa che è estranea dalla natura divina. Nell'ultimo modo di dire credo che intendete essere gli effetti della divina operazione; li quali, quantunque siano la sustanza de le cose, anzi e l'istesse sustanze naturali, tuttavolta sono come accidenti remotissimi, per farne toccare la cognizione appreensiva della divina soprannaturale essenza.

Teofilo. Voi dite bene.

Dicsono Arelio. Ecco dunque, che della divina sustanza, sí per essere infinita sí per essere lontanissima da quelli effetti che sono l'ultimo termine del corso della nostra discorsiva facultade, non possiamo conoscer nulla, se non per modo di vestigio, come dicono i platonici, di remoto effetto, come dicono i peripatetici, di indumenti, come dicono i cabalisti, di spalli o posteriori, come dicono i thalmutisti, di spechio, ombra ed enigma, come dicono gli apocaliptici.

Teofilo. Anzi di piú: perché non veggiamo perfettamente questo universo di cui la sustanza e il principale è tanto difficile ad essere compreso, avviene che assai con minor raggione noi conosciamo il primo principio e causa per il suo effetto, che Apelle per le sue formate statue possa esser conosciuto; perché queste le possiamo veder tutte ed essaminar parte per parte, ma non già il grande e infinito effetto della divina potenza. Però quella similitudine deve essere intesa senza proporzional comparazione.

Dicsono Arelio. Cossí è, e cossí la intendo.

Teofilo. Sarà dunque bene d'astenerci da parlar di sí alta materia.

Dicsono Arelio. Io lo consento, perché basta moralmente e teologalmente conoscere il primo principio in quanto che i superni numi hanno revelato e gli uomini divini dechiarato. Oltre che, non solo qualsivoglia legge e teologia, ma ancora tutte riformate filosofie conchiudeno esser cosa da profano e turbulento spirto il voler precipitarsi a dimandar raggione e voler definire circa quelle cose che son sopra la sfera della nostra intelligenza.

Teofilo. Bene. Ma non tanto son degni di riprensione costoro, quanto son degnissimi di lode quelli che si forzano alla cognizione di questo principio e causa, per apprendere la sua grandezza quanto fia possibile discorrendo con gli occhi di regolati sentimenti circa questi magnifici astri e lampeggianti corpi, che son tanti abitati mondi e grandi animali ed eccellentissimi numi, che sembrano e sono innumerabili mondi non molto dissimili a questo che ne contiene; i quali, essendo impossibile ch'abbiano l'essere da per sé, atteso che sono composti e dissolubili (benché non per questo siano degni d'esserno disciolti, come è stato ben detto nel *Timeo*, è necessario che conoscano principio e causa, e consequentemente con la grandezza del suo essere, vivere ed oprare: monstrano e predicano in uno spacio infinito, con voci innumerabili, la infinita eccellenza e maestà del suo primo principio e causa. Lasciando dunque, come voi dite, quella considerazione per quanto è superiore ad ogni senso e intelletto, consideriamo del principio e causa per quanto, in vestigio, o è la natura istessa o pur riluce ne l'ambito e grembo di quella. Voi dunque dimandatemi per ordine, se volete ch'io per ordine vi risponda.

Dicsono Arelio. Cossí farò. Ma primamente, perché usate dir c a u s a e p r i n c i p i o, vorei saper se questi son tolti da voi come nomi sinonimi?

Teofilo. Non.

Dicsono Arelio. Or dunque, che differenza è tra l'uno e l'altro termino?

Teofilo. Rispondo, che, quando diciamo Dio primo principio e prima causa, intendiamo una medesma cosa con diverse raggioni; quando diciamo nella natura principii e cause, diciamo diverse cose con sue diverse raggioni. Diciamo Dio primo principio, in quanto tutte cose sono dopo lui, secondo certo ordine di priore e posteriore, o secondo la natura, o secondo la durazione, o secondo la dignità. Diciamo Dio prima causa, in quanto che le cose tutte son da lui distinte come lo effetto da l'efficiente, la cosa prodotta dal producente. E queste due raggioni son differenti, perché non ogni cosa, che è priore e piú degna, è causa di quello ch'è posteriore e men degno; e non ogni cosa che è causa, è priore e piú degna di quello che è causato, come è ben chiaro a chi ben discorre.

Dicsono Arelio. Or dite in proposito naturale, che differenza è tra causa e principio?

Teofilo. Benché alle volte l'uno si usurpa per l'altro, nulladimeno, parlando propriamente, non ogni cosa che è principio, è causa, perché il punto è principio della linea, ma non è causa di quella; l'instante è principio dell'operazione; il termine onde è principio del moto e non causa del moto; le premisse son principio dell'argumentazione, non son causa di quella. Però p r i n c i p i o è piú general termine che c a u s a.

Dicsono Arelio. Dunque, strengendo questi doi termini a certe proprie significazioni, secondo la consuetudine di quei che parlano piú riformatamente, credo che vogliate che p r i n c i p i o sia quello che intrinsecamente concorre alla constituzione della cosa e rimane nell'effetto, come dicono la materia e forma, che rimangono nel composto, o pur gli elementi da' quali la cosa viene a comporsi e ne' quali va a risolversi. C a u s a chiami quella che concorre alla produzione delle cose esteriormente, ed ha l'essere fuor de la composizione, come è l'efficiente e il fine, al qual è ordinata la cosa prodotta.

Teofilo. Assai bene.

Dicsono Arelio. Or poi che siamo risoluti de la differenza di queste cose, prima desidero che riportiate la vostra intenzione circa le cause, e poi circa gli principii. E quanto alle cause, prima vorei saper della efficiente prima; della formale che dite esser congionta all'efficiente; oltre, della finale, la quale se intende motrice di questa.

Teofilo. Assai mi piace il vostro ordine di proponere. Or, quanto alla causa effettrice, dico l'efficiente fisico universale essere l'intelletto universale, che è la prima e principal facultà de l'anima del mondo, la quale è forma universale di quello.

Dicsono Arelio. Mi parete essere non tanto conforme all'opinione di Empedocle, quanto piú sicuro, piú distinto e piú esplicato; oltre, per quanto la soprascritta mi fa vedere, piú profondo. Però ne farete cosa grata di venire alla dechiarazion del tutto per il minuto, cominciando dal dire che cosa sia questo intelletto universale.

Teofilo. L'intelletto universale è l'intima, piú reale e propria facultà e parte potenziale de l'anima del mondo. Questo è uno medesmo, che empie il tutto, illumina l'universo e indrizza la natura a produrre le sue specie come si conviene; e cossí ha rispetto alla produzione di cose naturali, come il nostro intelletto alla congrua produzione di specie razionali. Questo è chiamato da' pitagorici motore ed esagitator de l'universo, come esplicò il Poeta, che disse: *totamque infusa per artus Mens agitat molem, et toto se corpore miscet.* Questo è nomato da platonici fabro del mondo. Questo fabro, dicono, procede dal mondo superiore, il quale è a fatto uno, a questo mondo sensibile, che è diviso in molti; ove non solamente la amicizia, ma anco la discordia, per la distanza de le parti, vi regna. Questo intelletto, infondendo e porgendo qualche cosa del suo nella materia, mantenendosi lui quieto e inmobile, produce il tutto. È detto da' maghi fecondissimo de semi, o pur seminatore; perché lui è quello che impregna la materia di tutte forme e, secondo la raggione e condizion di quelle, la viene a figurare, formare, intessere con tanti ordini mirabili, li quali non possono attribuirsi al caso, né ad altro principio che non sa distinguere e ordinare. Orfeo lo chiama occhio del mondo, per ciò che il vede entro e fuor tutte le cose naturali, a fine che tutto non solo intrinseca, ma anco estrinsecamente venga a prodursi e mantenersi nella propria simmetria. Da Empedocle è chiamato distintore, come quello che mai si stanca nell'esplicare le forme confuse nel seno della materia e di suscitar la generazione de l'una dalla corrozion de l'altra cosa. Plotino lo dice padre e progenitore, perché questo distribuisce gli semi nel campo della natura, ed è il prossimo dispensator de le forme. Da noi si chiama artefice interno, perché forma la materia e la figura da dentro, come da dentro del seme o radice manda ed esplica il stipe; da dentro il stipe caccia i rami; da dentro i rami le formate brance; da dentro queste ispiega le gemme; da dentro forma, figura, intesse, come di nervi, le frondi, gli fiori, gli frutti; e da dentro, a certi tempi, richiama gli suoi umori da le frondi e frutti alle brance, da le brance agli rami, dagli rami al stipe, dal stipe alla radice. Similmente negli animali spiegando il suo lavore dal seme prima, e dal centro del cuore a li membri esterni, e da quelli al fine complicando verso il cuore l'esplicate facultadi, fa come già venesse a ringlomerare le già distese fila. Or, se credemo non essere senza discorso e intelletto prodotta quell'opra come morta, che noi sappiamo fengere con certo ordine e imitazione ne la superficie della materia, quando, scorticando e scalpellando un legno, facciamo apparir l'effige d'un cavallo; quanto credere dobbiamo esser maggior quel intelletto artefice, che da l'intrinseco della seminal materia risalda l'ossa, stende le cartilagini, incava le arterie, inspira i pori, intesse le fibre, ramifica gli nervi, e con sí mirabile magistero dispone il tutto? Quanto, dico, piú grande artefice è questo, il quale non è attaccato ad una sola parte de la materia, ma opra continuamente tutto in tutto? Son tre sorte de intelletto; il divino che è tutto, questo mundano che fa tutto, gli altri particolari che si fanno tutto; perché bisogna che tra gli estremi se ritrove questo mezzo, il quale è vera causa efficiente, non tanto estrinseca come anco intrinseca, de tutte cose naturali.

Dicsono Arelio. Vi vorei veder distinguere come lo intendete causa estrinseca e come intrinseca.

Teofilo. Lo chiamo causa estrinseca, perché, come efficiente, non è parte de li composti e cose produtte. È causa intrinseca, in quanto che non opra circa la materia e fuor di quella, ma, come è stato poco fa detto. Onde è causa estrinseca per l'esser suo distinto dalla sustanza ed essenza degli effetti, e perché l'essere suo non è come di cose generabili e corrottibili, benché verse circa quelle; è causa intrinseca quanto a l'atto della sua operazione.

Dicsono Arelio. Mi par ch'abbiate a bastanza parlato della causa efficiente. Or vorei intendere che cosa è quella che volete sia la causa formale gionta all'efficiente: è forse la raggione ideale? Perché ogni agente che opra secondo la regola intellettuale, non procura effettuare se non secondo qualche intenzione; e questa non è senza apprensione di qualche cosa; e questa non è altro che la forma de la cosa che è da prodursi: e per tanto questo intelletto, che ha facultà di produre tutte le specie e cacciarle con sí bella architettura dalla potenza della materia a l'atto, bisogna che le preabbia tutte secondo certa raggion formale, senza la quale l'agente non potrebe procedere alla sua manifattura; come al statuario non è possibile d'essequir diverse statue senza aver precogitate diverse forme prima.

Teofilo. Eccellentemente la intendete, perché voglio che siano considerate due sorte di forme: l'una, la quale è causa, non già efficiente, ma per la quale l'efficiente effettua; l'altra è principio, la quale da l'efficiente è suscitata da la materia.

Dicsono Arelio. Il scopo e la causa finale, la qual si propone l'efficiente, è la perfezion dell'universo; la quale è che.in diverse parti della materia tutte le forme abbiano attuale esistenza: nel qual fine tanto si deletta e si compiace l'intelletto, che mai si stanca suscitando tutte sorte di forme da la materia, come par che voglia ancora Empedocle.

Teofilo. Assai bene. E giongo a questo che, sicome questo efficiente è universale nell'universo ed è speciale e particulare nelle parti e membri di quello, cossí la sua forma e il suo fine.

Dicsono Arelio. Or assai è detto delle cause; procediamo a raggionar de gli principii.

Teofilo. Or, per venire a li principii constitutivi de le cose, prima raggionarò de la forma per esser medesma in certo modo con la già detta causa efficiente; per che l'intelletto che è una potenza de l'anima del mondo, è stato detto efficiente prossimo di tutte cose naturali.

Dicsono Arelio. Ma come il medesmo soggetto può essere principio e causa di cose naturali? Come può aver raggione di parte intrinseca, e non di parte estrinseca?

Teofilo. Dico che questo non è inconveniente, considerando che l'anima è nel corpo come nocchiero nella nave. Il qual nocchiero, in quanto vien mosso insieme con la nave, è parte di quella; considerato in quanto che la governa e muove, non se intende parte, ma come distinto efficiente. Cossí l'anima de l'universo, in quanto che anima e informa, viene ad esser parte intrinseca e formale di quello; ma, come che drizza e governa, non è parte, non ha raggione di principio, ma di causa. Questo ne accorda l'istesso Aristotele; il qual, quantunque neghi l'anima aver quella raggione verso il corpo, che ha il nocchiero alla nave, tuttavolta, considerandola secondo quella potenza con la quale intende e sape, non ardisce di nomarla atto e forma di corpo; ma, come uno efficiente, separato dalla materia secondo l'essere, dice che quello è cosa che viene di fuora, secondo la sua subsistenza, divisa dal composto.

Dicsono Arelio. Approvo quel che dite, perché, se l'essere separata dal corpo alla potenza intellettiva de l'anima nostra conviene, e lo aver raggione di causa efficiente, molto piú si deve affirmare dell'anima del mondo; Perché dice Plotino, scrivendo contra gli Gnostici, che "con maggior facilità l'anima del mondo regge l'universo, che l'anima nostra il corpo nostro"; poscia è gran differenza dal modo con cui quella e questa governa. Quella, non come alligata, regge il mondo di tal sorte che la medesma non leghi ciò che prende; quella non patisce da l'altre cose né con l'altre cose; quella senza impedimento s'inalza alle cose superne; quella, donando la vita e perfezione al corpo, non riporta da esso imperfezione alcuna; e però eternamente è congionta al medesmo soggetto. Questa poi è manifesto che è di contraria condizione. Or se, secondo il vostro principio, le perfezioni che sono nelle nature inferiori, piú altamente denno essere attribuite e conosciute nelle nature superiori, doviamo senza dubio alcuno affirmare la distinzione che avete apportata. Questo non solo viene affirmato ne l'anima del mondo, ma anco de ciascuna stella, essendo, come il detto filosofo vole, che tutte hanno potenza di contemplare Idio, gli principii di tutte le cose e la distribuzione degli ordini de l'universo; e vole che questo non accade per modo di memoria, di discorso e considerazione, perché ogni lor opra è opra eterna, e non è atto che gli possa esser nuovo, e però niente fanno che non sia al tutto condecente, perfetto, con certo e prefisso ordine, senza atto di cogitazione; come, per essempio di un perfetto scrittore e citarista, mostra ancora Aristotele, quando, per questo che la natura non discorre e ripensa, non vuole che si possa conchiudere che ella opra senza intelletto e intenzion finale, perché li musici e scrittori esquisiti meno sono attenti a quel che fanno, e non errano come gli piú rozzi ed inerti, gli quali, con piú pensarvi e attendervi, fanno l'opra men perfetta e anco non senza errore.

Teofilo. La intendete. Or venemo al piú particolare. Mi par che detraano alla divina bontà e all'eccellenza di questo grande animale e simulacro del primo principio, quelli che non vogliono intendere né affirmare il mondo con gli suoi membri essere animato, come Dio avesse invidia alla sua imagine, come l'architetto non amasse l'opra sua singulare; di cui dice Platone, che si compiacque nell'opificio suo, per la sua similitudine che remirò in quello. E certo che cosa può piú bella di questo universo presentarsi agli occhi della divinità? ed essendo che quello costa di sue parti, a quali di esse si deve piú attribuire che al principio formale? Lascio a meglio e piú particolar discorso mille raggioni naturali oltre questa topicale o logica.

Dicsono Arelio. Non mi curo che vi sforziate in ciò, atteso non è filosofo di qualche riputazione, anco tra' peripatetici, che non voglia il mondo e le sue sfere essere in qualche modo animate. Vorei ora intendere, con che modo volete da questa forma venga ad insinuarsi alla materia de l'universo.

Teofilo. Se gli gionge di maniera che la natura del corpo, la quale secondo sé non è bella, per quanto è capace viene a farsi partecipe di bellezza, atteso che non è bellezza se non consiste in qualche specie o forma, non è forma alcuna che non sia prodotta da l'anima.

Dicsono Arelio. Mi par udir cosa molto nova: volete forse che non solo la forma de l'universo, ma tutte quante le forme di cose naturali siano anima?

Teofilo. Sí.

Dicsono Arelio. Sono dunque tutte le cose animate?

Teofilo. Sí.

Dicsono Arelio. Or chi vi accordarà questo?

Teofilo. Or chi potrà riprovarlo con raggione?

Dicsono Arelio. È comune senso che non tutte le cose vivono.

Teofilo. Il senso piú comune non è il piú vero.

Dicsono Arelio. Credo facilmente che questo si può difendere. Ma non bastarà a far una cosa vera perché la si possa difendere, atteso che bisogna che si possa anco provare.

Teofilo. Questo non è difficile. Non son de' filosofi che dicono il mondo essere animato?

Dicsono Arelio. Son certo molti, e quelli principalissimi.

Teofilo. Or perché gli medesmi non diranno le parti tutte.del mondo essere animate?

Dicsono Arelio. Lo dicono certo, ma de le parti principali, e quelle che son vere parti del mondo; atteso che non in minor raggione vogliono l'anima essere tutta in tutto il mondo, e tutta in qualsivoglia parte di quello, che l'anima degli animali, a noi sensibili, è tutta per tutto.

Teofilo. Or quali pensate voi, che non siano parti del mondo vere?

Dicsono Arelio. Quelle che non son primi corpi, come dicono i peripatetici: la terra con le acqui e altre parti, le quali, secondo il vostro dire, constituiscono l'animale intiero: la luna, il sole, e altri corpi. Oltre questi principali animali, son quei che non sono primere parti de l'universo, de quali altre dicono aver l'anima vegetativa, altre la sensitiva, altre la intellettiva.

Teofilo. Or, se l'anima per questo che è nel tutto, è anco ne le parti, perché non volete che sia ne le parti de le parti?

Dicsono Arelio. Voglio, ma ne le parti de le parti de le cose animate.

Teofilo. Or quali son queste cose, che non sono animate, o non son parte di cose animate?

Dicsono Arelio. Vi par che ne abbiamo poche avanti gli occhi? Tutte le cose che non hanno vita.

Teofilo. E quali son le cose che non hanno vita, almeno principio vitale?

Dicsono Arelio. Per conchiuderla, volete voi che non sia cosa che non abbia anima, e che non abbia principio vitale?

Teofilo. Questo è quel ch'io voglio al fine.

Polihimnio. Dunque, un corpo morto ha anima? dunque, i miei calopodii, le mie pianella, le mie botte, gli miei proni e il mio annulo e chiroteche serano animate? la mia toga e il mio pallio sono animati?

Gervasio. Sí, messer sí, mastro Polihimnio, perché non? Credo bene che la tua toga e il tuo mantello è bene animato, quando contiene un animal, come tu sei, dentro; le botte e gli sproni sono animati, quando contengono gli piedi; il cappello è animato, quando contiene il capo, il quale non è senza anima; e la stalla è anco animata quando contiene il cavallo, la mula over la Signoria Vostra. Non la intendete cossí, Teofilo? non vi par ch'io l'ho compresa meglio che il *dominus magister?*

Polihimnio. Cuium pecus? come che non si trovano degli asini *etiam atque etiam* sottili? hai ardir tu, apirocalo, abecedario, di volerti equiparare ad un archididascalo e moderator di ludo minervale par mio?

Gervasio. Pax vobis, domine magister, servus servorum et scabellum pedum tuorum.

Polihimnio. Maledicat te Deus in secula seculorum.

Dicsono Arelio. Senza còlera: lasciatene determinar queste cose a noi.

Polihimnio. Prosequatur ergo sua dogmata Theophilus.

Teofilo. Cossí farò. Dico dunque, che la tavola come tavola non è animata, né la veste, né il cuoio come cuoio, né il vetro come vetro; ma, come cose naturali e composte, hanno in sé la materia e la forma. Sia pur cosa quanto piccola e minima si voglia, ha in sé parte di sustanza spirituale; la quale, se trova il soggetto disposto, si stende ad esser pianta, ad esser animale, e riceve membri di qualsivoglia corpo che comunmente se dice animato: perché spirto si trova in tutte le cose, e non è minimo corpusculo che non contegna cotal porzione in sé che non inanimi.

Polihimnio. Ergo, quidquid est, animal est.

Teofilo. Non tutte le cose che hanno anima si chiamano animate.

Dicsono Arelio. Dunque, almeno, tutte le cose han vita?

Teofilo. Concedo che tutte le cose hanno in sé anima, hanno vita, secondo la sustanza e non secondo l'atto ed operazione conoscibile da' peripatetici tutti, e quelli che la vita e anima definiscono secondo certe raggioni troppo grosse.

Dicsono Arelio. Voi mi scuoprite qualche modo verisimile con il quale si potrebe mantener l'opinion d'Anaxagora; che voleva ogni cosa essere in ogni cosa, perché, essendo il spirto o anima o forma universale in tutte le cose, da tutto si può produr tutto.

Teofilo. Non dico verisimile, ma vero; perché quel spirto si trova in tutte le cose, le quali, se non sono animali, sono animate; se non sono secondo l'atto sensibili d'animalità e vita, son però secondo il principio e certo atto primo d'animalità e vita. E non dico di vantaggio, perché voglio supersedere circa la proprietà di molti lapilli e gemme; le quali, rotte e recise e poste in pezzi disordinati, hanno certe virtú di alterar il spirto ed ingenerar novi affetti e passioni ne l'anima, non solo nel corpo. E sappiamo noi che tali effetti non procedeno, né possono provenire da qualità puramente materiale, ma necessariamente si riferiscono a principio simbolico vitale e animale; oltre che il medesmo veggiamo sensibilmente ne' sterpi e radici smorte, che, purgando e congregando gli umori, alterando gli spiriti, mostrano necessariamente effetti di vita. Lascio che non senza caggione li necromantici sperano effettuar molte cose per le ossa de' morti; e credeno che quelle ritegnano, se non quel medesmo, un tale però e quale atto di vita, che gli viene a proposito a effetti estraordinarii. Altre occasioni mi faranno piú a lungo discorrere circa la mente, il spirto, l'anima, la vita che penetra tutto, è in tutto e move tutta la materia; empie il gremio di quella, e la sopravanza piú tosto che da quella è sopravanzata, atteso che la sustanza spirituale dalla materiale non può essere superata, ma piú tosto la viene a contenere[.]

Dicsono Arelio. Questo mi par conforme non solo al senso di Pitagora, la cui sentenza recita il Poeta, quando dice[:]

Principio caelum ac terras camposque liquentes,

Lucentemque globum lunae Titaniaque astra

Spiritus intus alit, totamque infusa per artus

Mens agitat molem, totoque se corpore miscet;

ma ancora al senso del teologo, che dice: ["] Il spirito colma ed empie la terra, e quello che contiene il tutto["]. Et un altro, parlando forse del commercio della forma con la materia e la potenza, dice che è sopravanzata da l'atto e da la forma.

Teofilo. Se dunque il spirto, la anima, la vita si ritrova in tutte le cose e, secondo certi gradi, empie tutta la materia; viene certamente ad essere il vero atto e la vera forma de tutte le cose. L'anima, dunque, del mondo è il principio formale constitutivo de l'universo e di ciò che in quello si contiene. Dico che, se la vita si trova in tutte le cose, l'anima viene ad esser forma di tutte le cose: quella per tutto è presidente alla materia e signoreggia nelli composti, effettua la composizione e consistenzia de le parti. E però la persistenza non meno par che si convegna a cotal forma, che a la materia. Questa intendo essere una di tutte le cose; la qual però, secondo la diversità delle disposizioni della materia e secondo la facultà de' principii materiali attivi e passivi, viene a produr diverse figurazioni, ed effettuar diverse facultadi, alle volte mostrando effetto di vita senza senso, talvolta effetto di vita e senso senza intelletto, talvolta par ch'abbia tutte le facultadi suppresse e reprimute o dalla imbecillità o da altra raggione de la materia. Cossí, mutando questa forma sedie e vicissitudine, è impossibile che se annulle, perché non è meno subsistente la sustanza spirituale che la materiale. Dunque le formi esteriori sole si cangiano e si annullano ancora, perché non sono cose ma de le cose, non sono sustanze, ma de le sustanze sono accidenti e circostanze.

Polihimnio. Non entia sed entium.

Dicsono Arelio. Certo, se de le sustanze s'annullasse qualche cosa, verrebe ad evacuarse il mondo.

Teofilo. Dunque abbiamo un principio intrinseco formale, eterno e subsistente, incomparabilmente megliore di quello ch'han finto gli sofisti che versano circa gli accidenti, ignoranti della sustanza de le cose, e che vengono a ponere le sustanze corrottibili, perché quello chiamano massimamente, primamente e principalmente sustanza, che resulta da la composizione; il che non è altro ch'uno accidente, che non contiene in sé nulla stabilità e verità, e se risolve in nulla. Dicono quello esser veramente omo che resulta dalla composizione; quello essere veramente anima che è o perfezione ed atto di corpo vivente, o pur cosa che resulta da certa simmetria di complessione e membri. Onde non è maraviglia se fanno tanto e prendeno tanto spavento per la morte e dissoluzione, come quelli a' quali è imminente la iattura de l'essere. Contra la qual pazzia crida ad alte voci la natura, assicurandoci che non gli corpi né l'anima deve temer la morte, perché tanto la materia quanto la forma sono principii constantissimi:

O genus attonitum gelidae formidine mortis,

Quid styga[,] quid tenebras et nomina vana timetis[,]

Materiam vatum falsique pericula mundi?

Corpora sive rogus flamma seu tabe vetustas

Abstulerit, mala posse pati non ulla putetis:

Morte carent animae domibus habitantque receptae[.]

Omnia mutantur[,]nihil interit.

Dicsono Arelio. Conforme a questo mi par che dica il sapientissimo.stimato tra gli Ebrei Salomone: *Quid est quod est? Ipsum quod fuit. Quid est quod fuit? Ipsum quod est. Nihil sub sole novum.* - Sí che questa forma, che voi ponete, non è inesistente e aderente a la materia secondo l'essere, non depende dal corpo e da la materia a fine che subsista?

Teofilo. Cossí è. E oltre ancora non determino se tutta la forma è accompagnata da la materia, cossí come già sicuramente dico de la materia non esser parte che a fatto sia destituita da quella, eccetto compresa logicamente, come da Aristotele, il quale mai si stanca di dividere con la raggione quello che è indiviso secondo la natura e verità.

Dicsono Arelio. Non volete che sia altra forma che questa eterna compagna de la materia?

Teofilo. E piú naturale ancora, che è la forma materiale, della quale raggionaremo appresso. Per ora notate questa distinzione de la forma, che è una sorte di forma prima, la quale informa, si estende e depende; e questa, perché informa il tutto, è in tutto; e perché la si stende, comunica la perfezione del tutto alle parti; e perché la dipende e non ha operazione da per sé, viene a communicar la operazion del tutto alle parti; similmente il nome e l'essere. Tale è la forma materiale, come quella del fuoco; perché ogni parte del fuoco scalda, si chiama fuoco, ed è fuoco. Secondo, è un'altra sorte di forma, la quale informa e depende, ma non si stende; e tale, perché fa perfetto e attua il tutto, è nel tutto e in ogni parte di quello; perché non si stende, avviene che l'atto del tutto non attribuisca a le parti; perché depende, l'operazione del tutto comunica a le parti. E tale è l'anima vegetativa e sensitiva, perché nulla parte de l'animale è animale, e nulladimeno ciascuna parte vive e sente. Terzo, è un'altra sorte di forma, la quale attua e fa perfetto il tutto, ma non si stende, né depende quanto a l'operazione. Questa perché attua e fa perfetto, è nel tutto, e in tutto e in ogni parte; perché la non si stende, la perfezione del tutto non attribuisce a le parti; perché non depende, non comunica l'operazione. Tale è l'anima per quanto può esercitar la potenza intellettiva, e si chiama intellettiva; la quale non fa parte alcuna de l'uomo che si possa nomar uomo, né sia uomo, né si possa dir che intenda. Di queste tre specie la prima è materiale, che non si può intendere, né può essere senza materia; l'altre due specie (le quali in fine concorreno a uno, secondo la sustanza ed essere, e si distingueno secondo il modo che sopra abbiamo detto) denominiamo quel principio formale, il quale è distinto dal principio materiale.

Dicsono Arelio. Intendo.

Teofilo. Oltre di questo voglio che si avertisca che, benché, parlando secondo il modo comune, diciamo che sono cinque gradi de le forme: cioè di elemento, misto, vegetale, sensitivo e intellettivo; non lo intendiamo però secondo l'intenzion volgare; perché questa distinzione vale secondo l'operazioni che appaiono e procedono dagli suggetti, non secondo quella raggione de l'essere primario e fondamentale di quella forma e vita spirituale, la quale medesma empie tutto, e non secondo il medesmo modo.

Dicsono Arelio. Intendo. Tanto che questa forma, che voi ponete per principio, è forma subsistente, constituisce specie perfetta, è in proprio geno, e non è parte di specie, come quella peripatetica.

Teofilo. Cossí è.

Dicsono Arelio. La distinzione de le forme nella materia non è secondo le accidentali disposizioni che dependeno da la forma materiale.

Teofilo. Vero.

Dicsono Arelio. Onde anco questa forma separata non viene essere moltiplicata secondo il numero, perché ogni multiplicazione numerale depende da la materia.

Teofilo. Sí.

Dicsono Arelio. Oltre, in sé invariabile, variabile poi per li soggetti e diversità di materie. E cotal forma, benché nel soggetto faccia differir la parte dal tutto, ella però non differisce nella parte e nel tutto; benché altra raggione li convegna come subsistente da per sé, altra in quanto che è atto e perfezione di qualche soggetto, ed altra poi a riguardo d'un soggetto con disposizioni d'un modo, altra con quelle d'un altro.

Teofilo. Cossí a punto.

Dicsono Arelio. Questa forma non la intendete accidentale, né simile alla accidentale, né come mista alla materia, né come inerente a quella, ma inesistente, associata, assistente.

Teofilo. Cossí dico.

Dicsono Arelio. Oltre, questa forma è definita e determinata per la materia; perché, avendo in sé facilità di constituir particolari di specie innumerabili, viene a contraersi, a constituir uno individuo; e da l'altro canto, la potenza della materia indeterminata, la quale può ricevere qualsivoglia forma, viene a terminarsi ad una specie: tanto che l'una è causa della definizione e determinazion de l'altra.

Teofilo. Molto bene.

Dicsono Arelio. Dunque, in certo modo approvate il senso di Anaxagora, che chiama le forme particolari di natura latitanti; alquanto quel di Platone, che le deduce da le idee; alquanto quel di Empedocle, che le fa provenire da la intelligenza; in certo modo quel di Aristotele, che le fa come uscire da la potenza de la materia? .

Teofilo. Sí, perché, come abbiamo detto che dove è la forma, è in certo modo tutto, dove è l'anima, il spirto, la vita, è tutto, il formatore è l'intelletto per le specie ideali; le forme, se non le suscita da la materia, non le va però mendicando da fuor di quella; perché questo spirto empie il tutto.

Polihimnio. Velim scire quomodo forma est anima mundi ubique tota, se la è individua. Bisogna dunque che la sia molto grande, anzi de infinita dimensione, se dici il mondo essere infinito.

Gervasio. È ben raggione che sia grande. Come anco del Nostro Signore disse un predicatore a Grandazzo in Sicilia; dove, in segno che quello è presente in tutto il mondo, ordinò un crucifisso tanto grande, quanta era la chiesa, a similitudine de Dio padre, il quale ha il cielo empireo per baldacchino, il ciel stellato per seditoio, ed ha le gambe tanto lunghe, che giungono sino a terra, che gli serve per scabello. A cui venne a dimandar un certo paesano, dicendogli: - Padre mio reverendo, or quante olne di drappo bisognaranno per fargli le calze? - E un altro disse che non bastarebono tutti i ceci, faggiuoli e fave di Melazzo e Nicosia per empirgli la pancia. - Vedete dunque che questa anima del mondo non sia fatta a questa foggia anch'ella.

Teofilo. Io non saprei rispondere al tuo dubio, Gervasio, ma bene a quello di mastro Polihimnio. Pure dirò con una similitudine, per satisfar alla dimanda di ambidoi, perché voglio che voi ancora riportiate qualche frutto di nostri raggionamenti e discorsi. Dovete dunque saper brevemente che l'anima del mondo e la divinità non sono tutti presenti per tutto e per ogni parte, in modo con cui qualche cosa materiale possa esservi, perché questo è impossibile a qualsivoglia corpo e qualsivoglia spirto; ma con un modo, il quale non è facile a displicarvelo altrimenti se non con questo. Dovete avvertire che, se l'anima del mondo e forma universale se dicono essere per tutto, non s'intende corporalmente e dimensionalmente, perché tali non sono, e cossí non possono essere in parte alcuna; ma sono tutti per tutto spiritualmente. Come, per esempio, anco rozzo, potreste imaginarvi una voce, la quale è tutta in tutta una stanza e in ogni parte di quella, perché da per tutto se intende tutta; come queste paroli ch'io dico, sono intese tutte da tutti, anco se fussero mille presenti; e la mia voce, si potesse giongere a tutto il mondo, sarebe tutta per tutto. Dico dunque a voi, mastro Polihimnio, che l'anima non è individua, come il punto; ma, in certo modo, come la voce. E rispondo a te, Gervasio, che la divinità non è per tutto, come il Dio di Grandazzo è in tutta la sua cappella; perché quello, benché sia in tutta la chiesa, non è però tutto in tutta, ma ha il capo in una parte, li piedi in un'altra, le braccia e il busto in altre ed altre parti. Ma quella è tutta in qualsivoglia parte, come la mia voce è udita tutta da tutte le parti di questa sala.

Polihimnio. Percepi optime.

Gervasio. Io l'ho pur capita la vostra voce.

Dicsono Arelio. Credo ben de la voce; ma del proposito penso che vi è entrato per un'orecchia e uscito per l'altra.

Gervasio. Io penso che non v'è né anco entrato, perché è tardi, e l'orloggio che tegno dentro il stomaco, ha toccata l'ora di cena.

Polihimnio. Hoc est, idest, ave il cervello in patinis.

Dicsono Arelio. Basta dunque. Domani conveneremo per raggionar forse circa il principio materiale.

Teofilo. O vi aspettarò o mi aspettaret[e] qua.

Fine del Secondo Dialogo.

DIALOGO TERZO

È pur gionta l'ora, e costoro non son venuti. Poi che non ho altro pensiero che mi tire, voglio prender spasso di udir raggionar costoro, da' quali oltre che posso imparar qualche tratto di scacco di filosofia, ho pur un bel passatempo circa que' grilli che ballano in quel cervello eteroclito di Polihimnio pedante. Il quale, mentre dice che vuol giudicar chi dice bene, chi discorre meglio, chi fa delle incongruità ed errori in filosofia, quando poi è tempo de dir la sua parte, e non sapendo che porgere, viene a sfilzarti da dentro il manico della sua ventosa pedantaria una insalatina di proverbiuzzi, di frase per latino o greco, che non fanno mai a proposito di quel ch'altri dicono: onde, senza troppa difficultà, non è cieco che non possa vedere quanto lui sia pazzo per lettera, mentre degli altri son savii per volgare. Or eccolo in fede mia, come sen viene che par che nel movere di passi ancora sappia caminar per lettera. Ben venga il *dominus magister*.

Polihimnio. Quel *magister* non mi cale: poscia che in questa devia ed enorme etade, viene attribuito non piú ai miei pari che ad qualsivoglia barbitonsore, cerdone e castrator di porci, però ne vien consultato: *nolite vocari Rabi.*

Gervasio. Come dunque volete ch'io vi dica? Piacevi il reverendissimo?

Polihimnio. Illud est presbiterale et clericum.

Gervasio. Vi vien voglia de l'illustrissimo?

*Polihimnio. Cedant arma toga*e: questo è da equestri eziandio, come da purpurati.

Gervasio. La maestà cesarea, anh?

Polihimnio. Quae Caesaris Caesari.

Gervasio. Prendetevi dunque il *domine*, deh! , toglietevi il gravitonante, il *divum pater*!... - Venemo a noi; perché siete tutti cossí tardi?

Polihimnio. Cossí credo che gli altri sono impliciti in qualche altro affare, come io, per non tralasciar questo giorno senza linea, sono versato circa la contemplazion del tipo del globo detto volgarmente il mappamondo.

Gervasio. Che avete a far col mappamondo?

Polihimnio. Contemplo le parti de la terra, climi, provinze e regioni; de quali tutte ho trascorse con l'ideal raggione, molte cogli passi ancora.

Gervasio. Vorei che discorressi alquanto dentro di te medesmo; perché questo mi par che piú te importi, e di questo credo che manco ti curi.

Polihimnio. Absit verbo invidia; perché con questo molto piú efficacemente vengo a conoscere me medesmo.

Gervasio. E come mel persuaderai?

Polihimnio. Per quel che dalla contemplazione del megacosmo facilmente, *necessaria deductione facta a simili*, si può pervenire alla cognizione del microcosmo, di cui le particole alle parti di quello corrispondeno.

Gervasio. Sí che trovaremo dentro voi la Luna, il Mercurio e altri astri? la Francia, la Spagna, l'Italia, l'Inghilterra, il Calicutto e altri paesi?

Polihimnio. Quidni? per quamdam analogiam.

Gervasio. Per quamdam analogiam io credo che siate un gran monarca; ma, se fuste una donna, vi dimandarei se vi è per alloggiare un putello, o di porvi in conserva una di quelle piante che disse Diogene.

Polihimnio. Ah, ah, *quodanmodo facete.* Ma questa petizione non quadra ad un savio ed erudito.

Gervasio. S'io fusse erudito, e mi istimasse savio, non verrei qua ad imparar insieme con voi.

Polihimnio. Voi sí, ma io non vegno per imparare, perché *nunc meum est docere; mea quoque interest eos qui docere volunt iudicare*; però vegno per altro fine che per quel che dovete voi venire, a cui conviene l'essere tirone, isagogico e discepolo.

Gervasio. Per qual fine?

Polihimnio. Per giudicare dico.

Gervasio. Invero, a' pari vostri piú che ad altri sta bene di far giudicio de le scienze e dottrine; perché voi siete que' soli a' quali la liberalità de le stelle e la munificenza del fato ha conceduto il poter trarre il succhio da le paroli.

Polihimnio. E consequentemente dai sensi ancora i quali sono congionti alle paroli.

Gervasio. Come al corpo l'anima.

Polihimnio. Le qual paroli, essendo ben comprese, fanno ben considerar ancor il senso: però dalla cognizion de le lingue (nelle quali io, piú che altro che sia in questa città, sono exercitato e non mi stimo men dotto di qualunque sia che tegna ludo di Minerva aperto) procede la cognizione di scienza qualsivoglia.

Gervasio. Dunque, tutti que' che intendeno la lingua italiana, comprenderanno la filosofia del Nolano?

Polihimnio. Sí, ma vi bisogna anco qualch'altra prattica e giudizio.

Gervasio. Alcun tempo io pensava che questa prattica fusse il principale; perché un che non sa greco, può intender tutto il senso d'Aristotele e conoscere molti errori in quello, come apertamente si vede che questa idolatria, che versava circa l'autorità di quel filosofo (quanto a le cose naturali principalmente), è a fatto abolita appresso tutti che comprendeno i sensi che apporta questa altra setta; ed uno che non sa né di greco, né di arabico, e forse né di latino, come il Paracelso, può aver meglio conosciuta la natura di medicamenti e medicina che Galeno, Avicenna e tutti che si fanno udir con la lingua romana. Le filosofie e leggi non vanno in perdizione per penuria d'interpreti di paroli, ma di que' che profondano ne' sentimenti.

Polihimnio. Cossí dunque vieni a computar un par mio nel numero della stolta mo[l]titudine?

Gervasio. Non vogliano gli Dei, perché so che con la cognizione e studio de le lingue (il che è una cosa rara e singulare) non sol voi, ma tutti vostri pari sete valorosissimi circa il far giudicio delle dottrine, dopo aver crivellati i sentimenti di color che ne si fanno in.campo.

Polihimnio. Perché voi dite il verissimo, facilmente posso persuadermi che non lo dite senza raggione: per tanto, come non vi è difficile, non vi fia grave di apportarla.

Gervasio. Dirò (referendomi pur sempre alla censura de la prudenza e letteratura vostra)[:] è proverbio comune che quei che son fuor del gioco, ne intendeno piú che quei che vi son dentro; come que' che sono nel spettacolo, possono meglio giudicar de li atti, che quelli personaggi che sono in scena; e della musica può far meglior saggio un che non è de la capella o del conserto; similmente appare nel gioco de le carte, scacchi, scrima ed altri simili. Cossí voi altri signor pedanti, per esser esclusi e fuor d'ogni atto di scienza e filosofia, e per non aver, e giamai aver avuto participazione con Aristotele, Platone et altri simili, possete meglio giudicarli e condannar con la vostra sufficienza grammatticale e presunzion del vostro naturale, che il Nolano che si ritrova nel medesmo teatro, nella medesma familiarità e domestichezza, tanto che facilmente le combatte dopo aver conosciuti i loro interiori e piú profondi sentimenti. Voi dico per esser extra ogni profession di galantuomini e pelegrini ingegni, meglio le possete giudicare.

Polihimnio. Io non saprei cossí di repente rispondere a questo impudentissimo. *Vox faucibus haesit.*

Gervasio. Però i pari vostri sono sí presuntuosi, come non son gli altri che vi hanno il piè dentro; e pertanto io vi assicuro, che degnamente vi usurpate l'ufficio di approvar questo, riprovar quello, glosar quell'altro, far qua una concordia e collazione, là una appendice.

Polihimnio. Questo ignorantissimo, da quel che io son perito nelle buone lettere umane, vuol inferir che sono ignorante in filosofia.

Gervasio. Dottissimo, messer Polihimnio; io vo' dire che, se voi aveste tutte le lingue, che son (come dicono i nostri predicatori) settantadue –

Polihimnio. - Cum dimidia.

Gervasio. - per questo non solamente non siegue che siate atto a far giudizio di filosofi, ma oltre non potreste togliere di essere il piú gran goffo animale che viva in viso umano: e anco non è che impedisca che uno ch'abbia a pena una de le lingue, ancor bastarda, sia il piú sapiente e dotto di tutto il mondo. Or considerate quel profitto ch'han fatto doi cotali, de' quali è un francese arcipedante, c'ha fatte le *Scole sopra le arte liberali* e l'*Animadversioni contra Aristotele*; e un altro sterco di pedanti, italiano, che ha imbrattati tanti quinterni con le sue *Discussioni peripatetiche*. Facilmente ognun vede ch'il primo molto eloquentemente mostra esser poco savio; il secondo, semplicemente parlando, mostra aver molto del bestiale e asino. Del primo possiamo pur dire che intese Aristotele; ma che l'intese male; e se l'avesse inteso bene, arebbe forse avuto ingegno di far onorata guerra contra lui, come ha fatto il giudiciosissimo Telesio consentino. Del secondo non possiamo dir che l'abbia inteso né male né bene; ma che l'abbia letto e riletto, cucito, scucito e conferito con mill'altri greci autori, amici e nemici di quello; e al fine fatta una grandissima fatica, non solo senza profitto alcuno, ma *etiam* con un grandissimo sprofitto, di sorte che chi vuol vedere in quanta pazzia e presuntuosa vanità può precipitar e profondare un abito pedantesco, veda quel sol libro, prima che se ne perda la somenza. Ma ecco presenti il Teofilo col Dicsono Arelio.

Polihimnio. Adeste felices, domini. La presenza vostra è causa che la mia excandescenzia non venga ad exaggerar fulminee sentenze contra i vani propositi c'ha tenuti questo garrulo frugiperda.

Gervasio. Ed a me tolta materia di giocarmi circa la maestà di questo reverendissimo gufo.

Dicsono Arelio. Ogni cosa va bene se non v'adirate.

Gervasio. Io, quel che dico, lo dico con gioco, perché amo il signor maestro.

Polihimnio. Ego quoque quod irascor, non serio irascor, quia Gervasium non odi.

Dicsono Arelio. Bene: dunque, lasciatemi discorrer con Teofilo.

Teofilo. Democrito dunque e gli epicurei, i quali, quel che non è corpo, dicono esser nulla, per conseguenza vogliono la materia sola essere la sustanza de le cose; ed anco quella essere la natura divina, come disse un certo arabo, chiamato Avicebron, come mostra in un libro intitolato *Fonte di vita.* Questi medesmi, insieme con cirenaici, cinici e stoici, vogliono le forme non essere altro che certe accidentali disposizioni de la materia. E io molto tempo son stato assai aderente a questo parere, solo per questo che ha fondamenti piú corrispondenti alla natura che quei di Aristotele; ma, dopo aver piú maturamente considerato, avendo risguardo a piú cose, troviamo che è necessario conoscere nella natura doi geni di sustanza, l'uno che è forma e l'altro che è materia; perché è necessario che sia un atto sustanzialissimo, nel quale è la potenza attiva di tutto, ed ancora una potenza e un soggetto nel quale non sia minor potenza passiva di tutto: in quello è potestà di fare, in questo è potestà di esser fatto.

Dicsono Arelio. È cosa manifesta ad ognuno che ben misura, che non è possibile che quello sempre possa far il tutto senza che sempre sia chi può esser fatto il tutto. Come l'anima del mondo (dico ogni forma), la quale è individua, può essere figuratrice, senza il soggetto delle dimensioni o quantità, che è la materia? E la materia come può essere figurata? Forse da se stessa? Appare che potremo dire, che la materia vien figurata da se stessa, se noi vogliamo considerar l'universo corpo formato esser materia, chiamarlo materia; come un animale, con tutte le sue facultà, chiamaremo materia, distinguendolo, non da la forma, ma dal solo efficiente.

Teofilo. Nessuno vi può impedire che non vi serviate del nome di materia secondo il vostro modo, come a molte sette ha medesmamente raggione di molte significazioni. Ma questo modo di considerar che voi dite, so che no' potrà star bene se non a un mecanico o medico che sta su la prattica, come a colui che divide l'universo corpo in mercurio, sale e solfro; il che dire non tanto viene a mostrar un divino ingegno di medico quanto potrebe mostrare un stoltissimo che volesse chiamarsi filosofo; il cui fine non è de venir solo a quella distinzion di principii, che fisicamente si fa per la separazione che procede dalla virtú del fuoco, ma anco a quella distinzion de principii, alla quale non arriva efficiente alcuno materiale, perché l'anima, inseparabile dal solfro, dal mercurio e dal sale, è principio formale; quale non è soggetto a qualità materiali, ma è al tutto signor della materia, non è tocco dall'opra di chimici la cui divisione si termina alle tre dette cose, e che conoscono un'altra specie d'anima che questa del mondo, e che noi doviamo diffinire.

Dicsono Arelio. Dite eccellentemente; e questa considerazione molto mi contenta, perché veggio alcuni tanto poco accorti che non distingueno le cause della natura assolutamente, secondo tutto l'ambito de lor essere, che son considerate da' filosofi, e de quelle prese in un modo limitato e appropriato; perché il primo modo è soverchio e vano a' medici, in quanto che son medici, il secondo è mozzo e diminuto a' filosofi, in quanto che son filosofi.

Teofilo. Avete toccato quel punto nel quale è lodato Paracelso, ch'ha trattata la filosofia medicinale, e biasimato Galeno in quanto ha apportata la medicina filosofale, per far una mistura fastidiosa e una tela tanto imbrogliata, che al fine renda un poco exquisito medico e molto confuso filosofo. Ma questo sia detto con qualche rispetto; perché non ho avuto ocio per esaminare tutte le parti di quell'uomo.

Gervasio. Di grazia, Teofilo, prima fatemi questo piacere a me, che non sono tanto prattico in filosofia: dechiaratemi che cosa intendete per questo nome materia, e che cosa è quello che è materia nelle cose naturali.

Teofilo. Tutti quelli che vogliono distinguere la materia e considerarla da per sé, senza la forma, ricorreno alla similitudine de l'arte. Cossí fanno i pitagorici, cossí i platonici, cossí i peripatetici. Vedete una specie di arte, come del lignaiolo, la quale per tutte le sue forme e tutti suoi lavori ha per soggetto il legno; come il ferraio il ferro, il sarto il panno. Tutte queste arti in una propria materia fanno diversi ritratti, ordini e figure, de le quali nessuna è propria e naturale a quella. Cossí la natura, a cui è simile l'arte, bisogna che de le sue operazioni abbia una materia; perché non è possibile che sia agente alcuno che, se vuol far qualche cosa, non abbia di che farla; o se vuol oprare, non abia che oprare. È dunque una specie di soggetto, del qual, col quale e nel quale la natura effettua la sua operazione, il suo lavoro; e il quale è da lei formato di tante forme che ne presentano a gli occhi della considerazione tanta varietà di specie. E sí come il legno da sé non ha nessuna forma artificiale, ma tutte può avere per operazione del legnaiolo; cossí la materia, di cui parliamo, da per sé e in sua natura non ha forma alcuna naturale, ma tutte le può aver per operazione dell'agente attivo principio di natura. Questa materia naturale non è cossí sensibile come la materia artificiale, perché la materia della natura non ha forma alcuna assolutamente; ma la materia dell'arte è una cosa formata già della natura, poscia che l'arte non può oprare se non nella superficie delle cose formate da la natura come legno, ferro, pietra, lana e cose simili; ma la natura opra dal centro, per dir cossí, del suo soggetto o materia, che è al tutto informe. Però molti sono i soggetti de le arti, ed uno è il soggetto della natura; perché quelli, per essere diversamente formati dalla natura, sono differenti e varii; questo, per non essere alcunamente formato, è al tutto indifferente, atteso che ogni differenza e diversità procede da la forma.

Gervasio. Tanto che le cose formate della natura sono materia de l'arte, e una cosa informe sola è materia della natura?

Teofilo. Cossí è.

Gervasio. È possibile che sí come vedemo e conoscemo chiaramente gli soggetti de le arti, possiamo similmente conoscere il soggetto de la natura?

Teofilo. Assai bene, ma con diversi principii di cognizione; perché sí come non col medesmo senso conoscemo gli colori e gli suoni, cossí non con il medesmo occhio veggiamo il soggetto de le arti e il soggetto della natura.

Gervasio. Volete dire, che noi con gli occhi sensitivi veggiamo quello, e con l'occhio della raggione questo.

Teofilo. Bene.

Gervasio. Or piacciavi formar questa raggione.

Teofilo. Volentieri. Quella relazione e riguardo che ha la forma de l'arte alla sua materia, medesma (secondo la debita proporzione) ha la forma della natura alla sua materia. Sí come dunque ne l'arte, variandosi in infinito (se possibil fosse) le forme, è sempre una materia medesima che persevera sotto quelle; come, appresso, la forma de l'arbore è una forma di tronco, poi di trave, poi di tavola, poi di scanno, poi di scabello, poi di cascia, poi di pettine e cossí va discorrendo, tuttavolta l'esser legno sempre persevera; non altrimente nella natura, variandosi in infinito e succedendo l'una a l'altra le forme, è sempre una materia medesma.

Gervasio. Come si può saldar questa similitudine?

Teofilo. Non vedete voi che quello che era seme si fa erba, e da quello che era erba si fa spica, da che era spica si fa pane, da pane chilo, da chilo sangue, da questo seme, da questo embrione, da questo uomo, da questo cadavero, da questo terra, da questa pietra o altra cosa, e cossí oltre, per venire a tutte forme naturali?

Gervasio. Facilmente il veggio.

Teofilo. Bisogna dunque che sia una medesima cosa che da sé non è pietra, non terra, non cadavero, non uomo, non embrione, non sangue o altro; ma che, dopo che era sangue, si fa embrione, ricevendo l'essere embrione; dopo che era embrione, riceva l'essere uomo, facendosi omo; come quella formata dalla natura, che è soggetto de la arte, da quel che era arbore, è tavola, e riceve esser tavola; da quel che era tavola, riceve l'esser porta, ed è porta.

Gervasio. Or l'ho capito molto bene [,] ma questo soggetto della natura mi par che non possa esser corpo, né di certa qualità; perché questo, che va strafugendo or sotto una forma ed essere naturale, or sotto un'altra forma ed essere, non si dimostra corporalmente, come il legno o pietra, che sempre si fan veder quel che sono materialmente, o soggettivamente pongansi pure sotto qual forma si voglia.

Teofilo. Voi dite bene.

Gervasio. Or che farò quando mi avverrà di conferir questo pensiero con qualche pertinace, il quale non voglia credere che sia cossí una sola materia sotto tutte le formazioni della natura, come è una sotto tutte le formazioni di ciascuna arte? Perché questa che si vede con gli occhi, non si può negare; quella che si vede con la raggione sola, si può negare.

Teofilo. Mandatelo via, o non gli rispondete.

Gervasio. Ma se lui sarà importuno in dimandarne evidenza, e sarà qualche persona di rispetto, il quale non si possa piú tosto mandar via che mandarmi via, e che abbia per ingiuria ch'io non li risponda?

Teofilo. Che farai, se un cieco semideo, degno di qualsivoglia onor e rispetto, sarà protervo, importuno e pertinace a voler aver cognizione e dimandar evidenza di colori, di' pure, de le figure esteriori di cose naturali, come è dire: quale è la forma de l'arbore? quale è la forma de monti? di stella? oltre, quale è la forma de la statua, de la veste? e cossí di altre cose arteficiali, le quali a quei che vedeno son tanto manifeste?

Gervasio. Io li risponderei che, se lui avesse occhi, non ne dimandarebe evidenza, ma le potrebe veder da per lui; ma, essendo cieco, è anco impossibile che altri gli le dimostri.

Teofilo. Similmente potrai dire a costoro, che, se avessero intelletto, non ne dimanderebono altra evidenza; ma la potrebono veder da per essi.

Gervasio. Di questa risposta quelli si vergognarebono, e altri la stimarebono troppa cinica.

Teofilo. Dunque, li direte piú copertamente cossí: -Illustrissimo signor mio; - o: - Sacrata Maestà, come alcune cose non possono essere evidenti se non con le mani e il toccare, altre se non con l'udito, altre non, eccetto che con il gusto; altre non, eccetto che con gli occhi: cossí questa materia di cose naturali non può essere evidente se non con l'intelletto.

Gervasio. Quello, forse, intendendo il tratto per non esser tanto oscuro né coperto me dirà: - Tu sei quello che non hai intelletto: io ne ho piú che quanti tuoi pari si ritroveno.

Teofilo. Tu non lo crederai piú che se un cieco ti dicesse, che tu sei un cieco e che lui vede piú che quanti pensano veder come tu ti pensi.

Dicsono Arelio. Assai è detto in dimostrar piú evidentemente, che mai abbia udito, quel che significa il nome materia, e quello che si deve intender materia nelle cose naturali. Cossí il Timeo Pitagorico il quale, dalla trasmutazione dall'uno elemento nell'altro, insegna ritrovar la materia che è occolta, e che non si può conoscere, eccetto che con certa analogia. "Dove era la forma della terra", dice lui, "appresso appare la forma de l'acqua", e qua non si può dire che una forma riceva l'altra; perché un contrario non accetta né riceve l'altro, cioè il secco non riceve l'umido o pur la siccità non riceve la umidità, ma da una cosa terza vien scacciata la siccità e introdotta la umidità, e quella terza cosa è soggetto dell'uno e l'altro contrario, e non è contraria ad alcuno. Adunque, se non è da pensar che la terra sia andata in niente, è da stimare che qualche cosa che era nella terra, è rimasta ed è ne l'acqua: la qual cosa per la medesima raggione, quando l'acqua sarà trasmutata in aria (per quel che la virtú del calore la viene ad estenuare in fumo o vapore), rimarrà e sarà ne l'aria.

Teofilo. Da questo si può conchiudere (ancor a lor dispetto) che nessuna cosa si anichila e perde l'essere, eccetto che la forma accidentale esteriore e materiale. Però tanto la materia quanto la forma sustanziale di che si voglia cosa naturale, che è l'anima, sono indissolubili ed adnihilabili, perdendo l'essere al tutto e per tutto; tali per certo non possono essere tutte le forme sustanziali de' peripatetici e altri simili, che consisteno non in altro che in certa complessione e ordine di accidenti; e tutto quello che sapranno nominar fuor che la lor materia prima, non è altro che accidente, complessione, abito di qualità, principio di definizione, quiddità. Laonde alcuni cucullati suttili metafisici tra quelli, volendo piuttosto iscusare che accusare la insufficienza del suo nume Aristotele, hanno trovata la umanità, la bovinità, la olività, per forme sustanziali specifiche; questa umanità, come socreità, questa bovinità, questa cavallinità essere la sustanza numerale; il che tutto han fatto per donarne una forma sustanziale, la quale merite nome di sustanza, come la materia ha nome ed essere di substanza. Ma però non han profittato giamai nulla; perché, se gli dimandate per ordine: - In che consiste l'essere sustanziale di Socrate? -risponderanno: - Nella socreità. Se oltre dimandate: - Che intendete per socreità? - Risponderanno: - La propria forma sustanziale e la propria materia di Socrate. - Or lasciamo star questa sustanza che è la materia, e ditemi: - Che è la sustanza come forma? - Rispondeno alcuni: - La sua anima. -Dimandate: - Che cosa è questa anima? - Se diranno una entelechia e perfezione di corpo che può vivere, considera che questo è uno accidente. Se diranno che è un principio di vita, senso, vegetazione e intelletto, considerate che, benché quel principio sia qualche sustanzia fundamentalmente considerato, come noi lo consideriamo, tuttavolta costui non lo pone avanti se non come accidente; perché esser principio di questo o di quello non dice raggione sustanziale e assoluta, ma una raggione accidentale e respettiva a quello che è principiato; come non dice il mio essere e sustanza quello che proferisce lo che io fo o posso fare; ma sí bene quel che dice lo che io sono, come io e absolutamente considerato. Vedete dunque come trattano questa forma sustanziale che è l'anima; la quale, se pur per sorte è stata conosciuta da essi per sustanza, giamai però l'hanno nominata né considerata come sustanza. Questa confusione molto piú evidentemente la possete vedere, se dimandate a costoro la forma sustanziale d'una cosa inanimata in che consista, come la forma sustanziale del legno. Fingeranno que' che son piú sottili: nella ligneità. Or togliete via quella materia, la quale è comune al ferro, al legno e la pietra, e dite: - Quale resta forma sustanziale del ferro? Giamai ve diranno altro che accidenti. E questi sono tra' principii d'individuazione e danno la particularità, perché la materia non è contraibile alla particularità se non per qualche forma; e questa forma, per esser principio constitutivo d'una sustanza, vogliono che sia sustanziale, ma poi non la potranno mostrare fisicamente se non accidentale. E al fine, quando aranno fatto tutto, per quel che possono, hanno una forma sustanziale, sí, ma non naturale, ma logica; e cossí, al fine, quale logica intenzione viene ad esser posta principio di cose naturali.

Dicsono Arelio. Aristotile non si avvedde di questo?

Teofilo. Credo che se ne avvedde certissimo; ma non vi pòtte rimediare; però disse che l'ultime differenze sono innominabili ed ignote.

Dicsono Arelio. Cossí mi pare che apertamente confesse la sua ignoranza; e però giudicarei ancor io esser meglio di abbracciar que' principii di filosofia, li quali in questa importante dimanda non allegano ignoranza, come fa Pitagora, Empedocle e il tuo Nolano, le opinioni de' quali ieri toccaste.

Teofilo. Questo vuole il Nolano, che è uno intelletto che dà l'essere a ogni cosa, chiamato da' pitagorici e il Timeo datore de le forme; una anima e principio formale, che si fa e informa ogni cosa, chiamata da' medesmi fonte de le forme; una materia, della quale vien fatta e formata ogni cosa, chiamata da tutti ricetto de le forme.

Dicsono Arelio. Questa dottrina (perché par che non gli manca cosa alcuna) molto mi aggrada. E veramente è cosa necessaria, che, come possiamo ponere un principio materiale costante ed eterno, poniamo un similmente principio formale. Noi veggiamo che tutte le forme naturali cessano dalla materia e novamente vegnono nella materia; onde par realmente nessuna cosa esser costante, ferma, eterna e degna di aver esistimazione di principio, eccetto che la materia. Oltre che le forme non hanno l'essere senza la materia, in quella si generano e corrompono, dal seno di quella esceno ed in quello si accogliono: però la materia la qual sempre rimane medesima e feconda, deve aver la principal prorogativa d'esser conosciuta sol principio substanziale, e quello che è, e che sempre rimane; e le forme tutte insieme non intenderle, se non come che sono disposizioni varie della materia, che sen vanno e vegnono, altre cessano e se rinnovano, onde non hanno riputazione tutte di principio. Però si son trovati di quelli che, avendo ben considerata la raggione delle forme naturali, come ha possuto aversi da Aristotele ed altri simili, hanno concluso al fine che quelle non son che accidenti e circostanze della materia; e però prerogativa di atto e di perfezione doverse referire alla materia, e non a cose, de quali veramente possiamo dire che esse non sono sustanza né natura, ma cose della sustanza e della natura, la quale dicono essere la materia; che appresso quelli è un principio necessario, eterno e divino, come a quel moro Avicebron, che la chiama Dio che è in tutte le cose.

Teofilo. A questo errore son stati ammenati quelli da non conoscere altra forma che l'accidentale; e questo moro, benché dalla dottrina peripatetica, nella quale era nutrito, avesse accettata la forma sustanziale, tuttavolta, considerandola come cosa corrottibile, non solo mutabile circa la materia, e come quella che è parturita e non parturisce, fondata e non fonda, è rigettata, e non rigetta, la dispreggiò e la tenne a vile in comparazione della materia stabile, eterna, progenitrice, madre. E certo questo avviene a quelli che non conoscono quello che conosciamo noi.

Dicsono Arelio. Questo è stato molto ben considerato; ma è tempo che dalla digressione ritorniamo al nostro proposito. Sappiamo ora distinguere la materia dalla forma, tanto dalla forma accidentale (sia come la si voglia) quanto dalla sustanziale; quel che resta a vedere è la natura e realità sua. Ma prima vorrei saper se, per la grande unione che ha questa anima del mondo e forma universale con la materia, si potesse patire quell'altro modo e maniera di filosofare di quei che non separano l'atto dalla raggion della materia, e la intendono cosa divina, e non pura e informe talmente che lei medesma non si forme e vesta.

Teofilo. Non facilmente, perché niente assolutamente opera in se medesimo, e sempre è qualche distinzion tra quello che è agente, e quello che è fatto, o circa il quale è l'azione e operazione, laonde è bene nel corpo della natura distinguere la materia da l'anima, e in questa distinguere quella raggione delle specie. Onde diciamo in questo corpo tre cose: prima, l'intelletto universale, indito nelle cose; secondo, l'anima vivificatrice del tutto; terzo, il soggetto. Ma non per questo negaremo esser filosofo colui che prenda nel geno di suo filosofare questo corpo formato o, come vogliam dire, questo animale razionale, e comincie a prendere per primi principii in qualche modo i membri di questo corpo, come dire aria, terra, fuoco; over eterea regione e astro; over spirito e corpo; o pur vacuo e pieno: intendendo però il vacuo non come il prese Aristotele; o pur in altro modo conveniente. Non mi parrà però quella filosofia degna di essere rigettata, massime quando, sopra a qualsivoglia fundamento che ella presuppona, o forma d'edificio che si propona, venga ad effettuare la perfezione della scienza speculativa e cognizione di cose naturali, come invero è stato fatto da molti piú antichi filosofi. Perché è cosa da ambizioso e cervello presuntuoso, vano e invidioso voler persuadere ad altri, che non sia che una sola via di investigare e venire alla cognizione della natura; ed è cosa da pazzo e uomo senza discorso donarlo ad intendere a se medesimo. Benché dunque la via piú costante e ferma, e piú contemplativa e distinta, e il modo di considerar piú alto deve sempre esser preferito, onorato e procurato piú; non per tanto è da biasimar quell'altro modo il quale non è senza buon frutto, benché quello non sia il medesmo arbore.

Dicsono Arelio. Dunque, approvate il studio de diverse filosofie?

Teofilo. Assai, a chi ha copia di tempo ed ingegno: ad altri approvo il studio della megliore, se gli Dei vogliono che la addovine.

Dicsono Arelio. Son certo però che non approvate tutte le filosofie, ma le buone e le megliori.

Teofilo. Cossí è. Come anco in diversi ordini di medicare, non riprovo quello che si fa magicamente per applicazion di radici, appension di pietre e murmurazione d'incanti, s'il rigor di teologi mi lascia parlar come puro naturale. Approvo quello che si fa fisicamente e procede per apotecarie ricette, con le quali si perseguita o fugge la còlera, il sangue, la flemma e la melancolia. Accetto quello altro che si fa chimicamente, che abstrae le quinte essenze e, per opera del fuoco, da tutti que' composti fa volar il mercurio, subsidere il sale e lampeggiar o disolar il solfro. Ma però, in proposito di medicina, non voglio determinare tra tanti buoni modi qual sia il megliore, perché l'epilettico, sopra il quale han perso il tempo il fisico ed il chimista, se vien curato dal mago, approvarà non senza raggione piú questo che quello e quell'altro medico. Similmente discorri per l'altre specie: de quali nessuna verrà ad essere men buona che l'altra, se cossí l'una come le altre viene ad effettuar il fine che si propone. Nel particolar poi è meglior questo medico che mi sanarà, che gli altri che m'uccidano o mi tormentino.

Gervasio. Onde avviene che son tanto nemiche fra lor queste sette di medici?

Teofilo. Dall'avarizia, dall'invidia, dall'ambizione e dall'ignoranza. Comunmente a pena intendono il proprio metodo di medicare; tanto si manca che possano aver raggione di quel d'altrui. Oltre che la maggior parte, non possendo alzarsi all'onor e guadagno con proprie virtú, studia di preferirsi con abbassar gli altri, mostrando di dispreggiar quello che non può acquistare. Ma di questi l'ottimo e vero è quello che non è sí fisico, che non sia anco chimico e matematico. Or, per venir al proposito, tra le specie della filosofia, quella è la meglior, che piú comoda e altamente effettua la perfezion de l'intelletto umano, ed è piú corrispondente alla verità della natura, e quanto sia possibile cooperatori di quella o divinando (dico per ordine naturale e raggione di vicissitudine, non per animale istinto come fanno le bestie e que' che gli son simili; non per ispirazione di buoni o mali demoni, come fanno i profeti; non per melancolico entusiasmo, come i poeti e altri contemplativi), o ordinando leggi e riformando costumi, o medicando, o pur conoscendo e vivendo una vita piú beata e piú divina. Eccovi dunque come non è sorte di filosofia, che sia stata ordinata da regolato sentimento, la quale non contegna in sé qualche buona proprietà che non è contenuta da le altre. Il simile intendo della medicina, che da tai principii deriva, quali presuponeno non imperfetto abito di filosofia; come l'operazion del piede o della mano, quella de l'occhio. Però è detto che non può aver buono principio di medicina chi non ha buon termine di filosofia.

Dicsono Arelio. Molto mi piacete, e molto vi lodo; che, sí come non sète cossí plebeio come Aristotele, non sète anco cossí ingiurioso e ambizioso come lui; il quale l'opinioni di tutti altri filosofi con gli lor modi di filosofare volse che fussero a fatto dispreggiate.

Teofilo. Benché, de quanti filosofi sono, io non conosca piú fondato su l'imaginazioni e rimosso dalla natura che lui; e se pur qualche volta dice cose eccellenti, son conosciute che non dependeno da principii suoi, e però sempre son proposizioni tolte da altri filosofi; come ne veggiamo molte divine nel libro *Della generazione, Meteora, De animali e Piante.*

Dicsono Arelio. Tornando dunque al nostro proposito: volete che della materia, senza errore e incorrere contradizione, se possa definire diversamente?

Teofilo. Vero, come del medesmo oggetto possono esser giodici diversi sensi, e la medesma cosa si può insinuar diversamente. Oltre che (come è stato toccato) la considerazione di una cosa si può prendere da diversi capi. Hanno dette molte cose buone gli epicurei, benché non s'inalzassero sopra la qualità materiale. Molte cose excellenti ha date a conoscere Eraclito, benché non salisse sopra l'anima. Non manca Anassagora di far profitto nella natura, perché non solamente entro a quella, ma fuori e sopra forse, conoscer voglia un intelletto, il quale medesmo da Socrate, Platone, Trimegisto e nostri teologi è chiamato Dio. Cossí nientemanco bene può promovere a scuoprir gli arcani della natura uno che comincia dalla raggione esperimentale di semplici (chiamati da loro), che quelli che cominciano dalla teoria razionale. E di costoro, non meno chi da complessioni che chi da umori, e questo non piú che colui che descende da' sensibili elementi, o, piú da alto, quelli assoluti, o da la materia una, di tutti piú alto e piú distinto principio. Perché talvolta chi fa piú lungo camino, non farà però sí buono peregrinaggio, massime se il suo fine non è tanto la contemplazione quanto l'operazione. Circa il modo poi di filosofare, non men comodo sarà di esplicar le forme come da un implicato che distinguerle come da un caos, che distribuirle come da una fonte ideale, che cacciarle in atto come da una possibilità, che riportarle come da un seno, che dissotterrarle alla luce come da un cieco e tenebroso abisso; perché ogni fundamento è buono, se viene approvato per l'edificio, ogni seme è convenevole se gli arbori e frutti sono desiderabili.

Dicsono Arelio. Or, per venire al nostro scopo, piacciavi apportar la distinta dottrina di questo principio.

Teofilo. Certo, questo principio, che è detto materia, può essere considerato in doi modi: prima, come una potenza; secondo, come un soggetto. In quanto che presa nella medesima significazione che potenza, non è cosa nella quale, in certo modo e secondo la propria raggione, non possa ritrovarse; e gli pitagorici, platonici, stoici e altri non meno l'han posta nel mondo intelligibile che nel sensibile. E noi, non la intendendo appunto come quelli la intesero, ma con una raggione piú alta e piú esplicata, in questo modo raggionamo della potenza over possibilità. La potenza comunmente si distingue in attiva, per la quale il soggetto di quella può operare; e in passiva, per la quale o può essere, o può ricevere, o può avere, o può essere soggetto di efficiente in qualche maniera. De la potenza attiva non raggionando al presente, dico che la potenza che significa in modo passivo (benché non sempre sia passiva) si può considerare o relativamente o vero assolutamente. E cossí non è cosa di cui si può dir l'essere, della quale non si dica il posser essere. E questa sí fattamente risponde alla potenza attiva, che l'una non è senza l'altra in modo alcuno; onde se sempre è stata la potenza di fare, di produre, di creare, sempre è stata la potenza di esser fatto, produto e creato; perché l'una potenza implica l'altra; voglio dir, con esser posta, lei pone necessariamente l'altra. La qual potenza, perché non dice imbecillità in quello di cui si dice, ma piuttosto confirma la virtú ed efficacia, anzi al fine si trova che è tutt'uno ed a fatto la medesma cosa con la potenza attiva, non è filosofo né teologo che dubiti di attribuirla al primo principio sopranaturale. Perché la possibilità assoluta per la quale le cose che sono in atto, possono essere, non è prima che la attualità, né tampoco poi che quella. Oltre, il possere essere è con lo essere in atto, e non precede quello; perché, se quel che può essere, facesse se stesso, sarebe prima che fusse fatto. Or contempla il primo e ottimo principio, il quale è tutto quel che può essere, e lui medesimo non sarebe tutto se non potesse essere tutto; in lui dunque l'atto e la potenza son la medesima cosa. Non è cossí nelle altre cose, le quali, quantunque sono quello che possono essere, potrebono però non esser forse, e certamente altro, o altrimente che quel che sono; perché nessuna altra cosa è tutto quel che può essere. Lo uomo è quel che può essere, ma non è tutto quel che può essere. La pietra non è tutto quello che può essere, perché non è calci, non è vase, non è polve, non è erba. Quello che è tutto che può essere, è uno, il quale nell'esser suo comprende ogni essere. Lui è tutto quel che è e può essere qualsivoglia altra cosa che è e può essere. Ogni altra cosa non è cossí. Però la potenza non è equale a l'atto, perché non è atto assoluto ma limitato; oltre che la potenza sempre è limitata ad uno atto, perché mai ha piú che uno essere specificato e particolare; e se pur guarda ad ogni forma ed atto, questo è per mezzo di certe disposizioni e con certa successione di uno essere dopo l'altro. Ogni potenza dunque ed atto, che nel principio è come complicato, unito e uno, nelle altre cose è esplicato, disperso e moltiplicato. Lo universo, che è il grande simulacro, la grande imagine e l'unigenita natura, è ancor esso tutto quel che può essere, per le medesime specie e membri principali e continenza di tutta la materia, alla quale non si aggionge e dalla quale non si manca, di tutta e unica forma; ma non già è tutto quel che può essere per le medesime differenze, modi, proprietà ed individui. Però non è altro che un'ombra del primo atto e prima potenza, e pertanto in esso la potenza e l'atto non è assolutamente la medesima cosa, perché nessuna parte sua è tutto quello che può essere. Oltre che in quel modo specifico che abbiamo detto, l'universo è tutto quel che può essere, secondo un modo esplicato, disperso, distinto. Il principio suo è unitamente e indifferentemente; perché tutto è tutto e il medesmo semplicissimamente, senza differenza e distinzione.

Dicsono Arelio. Che dirai della morte, della corrozione, di vizii, di diffetti, di mostri? Volete che questi ancora abiano luogo in quello che è il tutto, che può essere ed è in atto tutto quello che è in potenza?

Teofilo. Queste cose non sono atto e potenza, ma sono difetto e impotenza, che si trovano nelle cose esplicate, perché non sono tutto quel che possono essere, e si forzano a quello che possono essere. Laonde, non possendo essere insieme e a un tratto tante cose, perdeno l'uno essere per aver l'altro: e qualche volta confondeno l'uno essere con l'altro, e talor sono diminuite, manche e stroppiate per l'incompassibilità di questo essere e di quello, e occupazion della materia in questo e quello. Or tornando al proposito, il primo principio assoluto è grandezza e magnitudine; ed è tal magnitudine e grandezza, che è tutto quel che può essere. Non è grande di tal grandezza che possa essere maggiore, né che possa esser minore, né che possa dividersi, come ogni altra grandezza che non è tutto quel che può essere; però è grandezza massima, minima, infinita, impartibile e d'ogni misura. Non è maggiore, per esser minima; non è minima, per esser quella medesima massima; è oltre ogni equalità, perché è tutto quel che ella possa essere. Questo che dico della grandezza, intendi di tutto quel che si può dire: perché è similmente bontà che è ogni bontà che possa essere; è bellezza che è tutto il bello che può essere; e non è altro bello che sia tutto quello che può essere, se non questo uno. Uno è quello che è tutto e può esser tutto assolutamente. Nelle cose naturali oltre non veggiamo cosa alcuna che sia altro che quel che è in atto, secondo il quale è quel che può essere, per aver una specie di attualità; tuttavia né in quest'unico esser specifico giamai è tutto quel che può essere qualsivoglia particulare. Ecco il sole: non è tutto quello che può essere il sole, non è per tutto dove può essere il sole, perché, quando è oriente a la terra, non gli è occidente, né meridiano, né di altro aspetto. Or se vogliamo mostrar il modo con il quale Dio è sole, diremo (perché è tutto quel che può essere) che è insieme oriente, occidente, meridiano, merinoziale e di qualsivoglia di tutti punti de la convessitudine della terra; onde, se questo sole (o per sua revoluzione o per quella della terra) vogliamo intendere che si muova e muta loco, perché non è attualmente in un punto senza potenza di essere in tutti gli altri, e però ave attitudine ad esservi; se dunque è tutto quel che può essere e possiede tutto quello che è atto a possedere, sarà insieme per tutto ed in tutto; è si fattamente mobilissimo e velocissimo, che è anco stabilissimo e immobilissimo. Però tra gli divini discorsi troviamo che è detto stabile in eterno e velocissimo che discorre da fine a fine; perché se intende inmobile quello che in uno istante medesimo si parte dal punto di oriente ed è ritornato al punto di oriente, oltre che non meno si vede in oriente che in occidente e qualsivoglia altro punto del circuito suo; per il che non è piú raggione che diciamo egli partirsi e tornare, esser partito e tornato, da quel punto a quel punto, che da qualsivoglia altro de infiniti al medesimo. Onde verrà esser tutto e sempre in tutto il circolo ed in qualsivoglia parte di quello; e per consequenza ogni punto individuo dell'eclittica contiene tutto il diametro del sole. E cossí viene uno individuo a contener il dividuo; il che non accade per la possibilità naturale, ma sopranaturale; voglio dire quando si supponesse che il sole fosse quello che è in atto tutto quel che può essere. La potestà sí assoluta non è solamente quel che può essere il sole, ma quel che è ogni cosa e quel che può essere ogni cosa: potenza di tutte le potenze, atto di tutti gli atti, vita di tutte le vite, anima di tutte le anime, essere de tutto l'essere; onde altamente è detto dal Revelatore: "Quel che è, me invia; Colui che è, dice cossí". Però quel che altrove è contrario ed opposto, in lui è uno e medesimo, ed ogni cosa in lui è medesima cossí discorri per le differenze di tempi e durazioni, come per le differenze di attualità e possibilità. Però lui non è cosa antica e non è cosa nuova; per il che ben disse il Revelatore: "primo e novissimo".

Dicsono Arelio. Questo atto absolutissimo, che è medesimo che l'absolutissima potenza, non può esser compreso da l'intelletto, se non per modo di negazione: non può, dico, esser capito, né in quanto può esser tutto, né in quanto è tutto. Perché l'intelletto, quando vuole intendere, gli fia mestiero di formar la specie intelligibile, di assomigliarsi, di conmesurarsi ed ugualarsi a quella: ma questo è impossibile, perché l'intelletto mai è tanto che non possa essere maggiore; e quello per essere inmenso da tutti lati e modi non può esser piú grande. Non è dunque occhio ch'approssimar si possa o ch'abbia accesso a tanto altissima luce e sí profondissimo abisso.

Teofilo. La concidenzia di questo atto con l'assoluta potenza è stata molto apertamente descritta dal spirto divino dove dice: "*Tenebrae non obscurabuntur a te. Nox sicut dies illuminabitur. Sicut tenebrae eius, ita et lumen eius*". Conchiudendo, dunque, vedete quanta sia l'eccellenza della potenza, la quale, se vi piace chiamarla raggione di materia, che non hanno penetrato i filosofi volgari, la possete senza detraere alla divinità trattar piú altamente, che Platone nella sua *Politica* e il Timeo. Costoro, per averno troppo alzata la raggione della materia, son stati scandalosi ad alcuni teologi. Questo è accaduto o perché quelli non si son bene dechiarati, o perché questi non hanno bene inteso, perché sempre prendeno il significato della materia secondo che è soggetto di cose naturali, solamente come nodriti nelle sentenze d'Aristotele; e non considerano che la materia è tale appresso gli altri, che è comune al mondo intelligibile e sensibile, come essi dicono, prendendo il significato secondo una equivocazione analoga. Però, prima che sieno condannate, denno essere ben bene essaminate le opinioni, e cossí distinguere i linguaggi come son distinti gli sentimenti; atteso che, benché tutti convegnano talvolta in una raggion comune della materia, sono differenti poi nella propria. E quanto appartiene al nostro proposito, è impossibile (tolto il nome della materia, e sie capzioso e malvaggio ingegno quanto si voglia) che si trove teologo che mi possa imputar impietà per quel che dico e intendo della coincidenza della potenza e atto, prendendo assolutamente l'uno e l'altro termine. Onde vorrei inferire che, - secondo tal proporzione quale è lecito dire, in questo simulacro di quell'atto e di quella potenza (per essere in atto specifico tutto quel tanto che è in specifica potenza, per tanto che l'universo, secondo tal modo, è tutto quel che può essere), sie che si voglia quanto all'atto e potenza numerale, - viene ad aver una potenza la quale non è absoluta dall'atto, una anima non absoluta da l'animato, non dico il composto, ma il semplice: onde cossí de l'universo sia un primo principio che medesmo se intenda, non piú distintamente materiale e formale, che possa inferirse dalla similitudine del predetto, potenza absoluta e atto. Onde non fia difficile o grave di accettar al fine che il tutto, secondo la sustanza, è uno, come forse intese Parmenide, ignobilmente trattato da Aristotele.

Dicsono Arelio. Volete dunque che, benché descendendo per questa scala di natura, sia doppia sustanza, altra spirituale, altra corporale, che in somma l'una e l'altra se riduca ad uno essere e una radice.

Teofilo. Se vi par che si possa comportar da quei che non penetrano piú che tanto.

Dicsono Arelio. Facilissimamente, purché non t'inalzi sopra i termini della natura.

Teofilo. Questo è già fatto. Se non avendo quel medesimo senso e modo di diffinire della divinità, il qual è comune, avemo un particolare, non però contrario né alieno da quello, ma piú chiaro forse e piú esplicato, secondo la raggione che non è sopra il nostro discorso, da la quale non vi promesi di astenermi.

Dicsono Arelio. Assai è detto del principio materiale, secondo la raggione della possibilità o potenza; piacciavi domani di apparecchiarvi alla considerazion del medesimo, secondo la raggione dell'esser soggetto.

Teofilo. Cossí farò.

Gervasio. A rivederci.

*Polihimnio. Bonis avibu*s.

Fine del Terzo Dialogo.

DIALOGO QUARTO

POLIHIMNIO.

ET OS VULVAE NUNQUAM DICIT, SUFFICIT. *Idest, scilicet, videlicet, utpote, quod est dictu, materia* (la qual viene significata per queste cose) *recipiendis formis numquam expletur*. Or, poi che altro non è in questo Liceo, *vel potius* Antiliceo, *solus (ita, inquam, solus, ut minime omnium solus) deambulabo, et ipse mecum confabulabor*. La materia, dunque, di peripatetici dal prencipe e dell'altigrado ingenio del gran Macedone moderatore, *non minus* che dal Platon divino e altri, or *chaos*, or *hyle*, or *sylva*, or massa, or potenzia, or aptitudine, or *privationi admixtum*, or *peccati causa*, or *ad maleficium ordinata*, or *per se non ens*, or *per se non scibile*, or *per analogiam ad formam cognoscibile*, or *tabula rasa*, or *indepictum*, or *subiectum*, or *substratum*, or *substerniculum*, or *campus*, or *infinitum*, or *indeterminatum*, or *prope nihil*, or *neque quid, neque quale, neque quantum; tandem* dopo aver molto con varie e diverse nomenclature (per definir questa natura) collimato, *ab ipsis scopum ipsum attingentibu*s, femina vien detta; *tandem, inquam (ut una complectantur omnia vocabula), a melius rem ipsam perpendentibus foemina dicitur. Et mehercl*e, non senza non mediocre caggione a questi del Palladio regno senatori ha piaciuto di collocare nel medesimo equilibrio queste due cose: materia e femina; poscia che da l'esperienza fatta del rigor di quelle son stati condotti a quella rabia e quella frenesia (or qua mi vien per filo un color retorico). Queste sono un *chaos* de irrazionalità, *hyle* di sceleraggini, selva di ribalderie, massa d'immundizie, aptitudine ad ogni perdizione (un altro color retorico, detto da alcuni *complexio*!). Dove era in potenza, *non solum remota* ma *etiam propinqua*, la destruzion di Troia? In una donna. Chi fu l'instrumento della destruzion della sansonica fortezza? di quello eroe, io dico, che con quella sua mascella d'asino che si trovava, dovenne trionfator invitto di filistei? Una donna. Chi domò a Capua l'empito e la forza del gran capitano e nemico perpetuo della republica romana, Annibale? Una donna! *(Exclamatio*!) Dimmi, o cytaredo profeta, la caggion della tua fragilità. - *Quia in peccatis concepit me mater mea.* -Come, o antico nostro protoplaste, essendo tu un paradisico ortolano e agricoltor de l'arbore de la vita, fuste maleficiato sí, che te con tutto il germe umano al baratro profondo della perdizion risospingesti? *Mulier, quam dedit mihi: ipsa, ipsa me decepit. - Procul dubio*, la forma non pecca e da nessuna forma proviene errore, se non per esser congionta alla materia. Cossí la forma, significata per il maschio, essendo posta in familiarità della materia e venuta in composizione o copulazion con quella, con queste parole, o pur con questa sentenza risponde alla natura naturante: *Mulier, quam dedisti mihi, - idest*, la materia, la quale mi hai dato consorte, - *ipsa me decepit: hoc est*, lei è caggione d'ogni mio peccato. Contempla, contempla, divino.ingegno, qualmente gli egregii filosofanti e de le viscere della natura discreti notomisti, per porne pienamente avante gli occhi la natura della materia, non han ritrovato piú accomodato modo che con avertirci con questa proporzione, qual significa il stato delle cose naturali per la materia essere come l'economico, politico e civile per il femineo sesso. Aprite, aprite gli occhi, ecc. - Oh, veggio quel colosso di poltronaria, Gervasio, il quale interrompe della mia nervosa orazione il filo. Dubito che son stato da lui udito; ma che importa?

Gervasio. Salve, magister doctorum optime!

Polihimnio. Se non (tuo more) mi vuoi deludere *tu quoque, salve!*

Gervasio. Vorrei saper che è quello che andavi solo ruminando?

Polihimnio. Studiando nel mio museolo, *in eum, qui apud Aristotelem est, locum incidi*, del primo della *Fisica in calce*, dove, volendo elucidare che cosa fosse la prima materia, prende per specchio il sesso femminile; sesso, dico, ritroso, fragile, inconstante, molle, pusillo, infame, ignobile, vile, abietto, negletto, indegno, reprobo, sinistro, vituperoso, frigido, deforme, vacuo, vano, indiscreto, insano, perfido, neghittoso, putido, sozzo, ingrato, trunco, mutilo, imperfetto, incoato, insufficiente, preciso, amputato, attenuato, rugine, eruca, zizania, peste, morbo, morte,

Messo tra noi da la natura a Dio

Per una soma e per un greve fio.

Gervasio. Io so che voi dite questo piú per esercitarvi ne l'arte oratoria e dimostrar quanto siate copioso ed eloquente, che abbiate tal sentimento che dimostrate per le paroli. Perché è cosa ordinaria a voi, signori umanisti, che vi chiamate professori de le buone lettere, quando vi ritrovate pieni di que' concetti che non possete ritenere, non andate a scaricarli altrove che sopra le povere donne; come quando qualch'altra còlera vi preme, venete ad isfogarla sopra il primo delinquente di vostri scolari. Ma guardatevi, signori Orfei, dal furioso sdegno de le donne tresse.

Polihimnio. Polihimnio son io, no' sono Orfeo.

Gervasio. Dunque, non biasimate le donne da dovero?

Polihimnio. Minime, minime quidem. Io parlo da dovero, e non intendo altrimente, che come dico; perché non fo *(sophistarum more)* professione di dimostrar ch'il bianco è nero.

Gervasio. Perché dunque vi tingete la barba? .

Polihimnio. Ma *ingenue loquor*; e dico, che un uomo senza donna è simile a una de le intelligenze; è, dico, uno eroe, un semideo, *qui non duxit uxorem.*

Gervasio. Ed è simile ad un'ostreca e ad un fungo ancora, ed è un tartufo.

Polihimnio. Onde divinamente disse il lirico poeta:

Credite, Pisones, melius nil caelibe vita.

E se vuoi saperne la caggione, odi Secondo filosofo: ["]La femina, dice egli, è uno impedimento di quiete, danno continuo, guerra cotidiana, priggione di vita, tempesta di casa, naufragio de l'uomo["]. Ben lo confirmò quel Biscaino che, fatto impaziente e messo in còlera per una orribil fortuna e furia del mare, con un torvo e colerico viso, rivoltato all'onde: - Oh mare, mare, disse, ch'io ti potesse maritare! - volendo inferire che la femina è la tempesta de le tempeste. Perciò Protagora, dimandato perché avesse data ad un suo nemico la figlia, rispose che non possea fargli peggio che dargli moglie. Oltre, non mi farà mentire un buon uomo francese, al quale (come a tutti gli altri che pativano pericolosissima tempesta di mare[)] essendo comandato da Cicala, padron de la nave, di buttare le cose piú gravi al mare, lui per la prima vi gittò la moglie.

Gervasio. Voi non riferite per il contrario tanti altri esempi di coloro che si son stimati fortunatissimi per le sue donne? tra' quali (per non mandarvi troppo lontano) ecco, sotto questo medesmo tetto, il signor di Mauvissiero incorso in una, non solamente dotata di non mediocre corporal beltade che gli avvela e ammanta l'alma, ma oltre, che col triumvirato di molto discreto giudizio, accorta modestia e onestissima cortesia, d'indissolubil nodo tien avvinto l'animo del suo consorte, ed è potente a cattivarsi chiunque la conosce. Che dirai de la generosa figlia, che a pena un lustro e un anno ha visto il sole, e per le lingue non potrai giudicare s'ella è da Italia o da Francia o da Inghilterra, per la mano circa gli musici istrumenti non potrai capire s'ella è corporea o incorporea sustanza, per la matura bontà di costumi dubitarai s'ella è discesa dal cielo o pur è sortita da la terra? Ognun vede che in quella, non meno per la formazion di sí bel corpo è concorso il sangue de l'uno e l'altro parente, ch'alla fabrica del spirto singulare le virtú dell'animo eroico di que' medesimi.

Polihimnio. Rara avis come la Maria da Boshtel; *rara avis* come la Maria da Castelnovo.

Gervasio. Quel *raro* che dite de le femine, medesimo si può dire de' maschi.

Polihimnio. In fine, per ritornare al proposito, la donna non è altro che una materia. Se non sapete che cosa è donna, per non saper che cosa è materia, studiate alquanto gli peripatetici che, con insegnarvi che cosa è materia, te insegnaranno che cosa è donna.

Gervasio. Vedo bene che, per aver voi un cervello peripatetico, apprendeste poco o nulla di quel che ieri disse il Teofilo circa l'essenza e potenza della materia.

Polihimnio. De l'altro sia che si vuole; io sto sul punto del biasimar l'appetito de l'una e de l'altra, il quale è caggion d'ogni male, passione, difetto, ruina, corrozione. Non credete che, se la materia si contentasse de la forma presente, nulla alterazione o passione arrebe domíno sopra di noi, non moriremmo, sarrebom incorrottibili ed eterni?

Gervasio. E se la si fosse contentata di quella forma, che avea cinquanta anni addietro, che direste? sareste tu, Polihimnio? Se si fusse fermata sotto quella di quaranta anni passati, sareste sí adultero..., dico, sí adulto, sí.perfetto, sí dotto? Come dunque ti piace, che le altre forme abbiano ceduto a questa, cossí è in volontà de la natura, che ordina l'universo, che tutte le forme cedano a tutte. Lascio che è maggior dignità di questa nostra sustanza di farsi ogni cosa, ricevendo tutte le forme, che, ritenendone una sola, essere parziale. Cossí, al suo possibile, ha la similitudine di chi è tutto in tutto.

Polihimnio. Mi cominci a riuscir dotto, uscendo fuor del tuo ordinario naturale. Applica ora, se puoi, *a simili*, apportando la dignità che si ritrova ne la femina.

Gervasio. Farollo facilissimamente. Oh, ecco il Teofilo.

Polihimnio. E il Dicsone. Un'altra volta dunque. *De iis hactenus.*

Teofilo. Non vedemo, che de' peripatetici, come di platonici anco, divideno la sustanza per la differenza di corporale e incorporale? Come dunque queste differenze si reducono alla potenza di medesimo geno, cossí bisogna che le forme sieno di due sorte; perché alcune sono trascendenti, cioè superiori al geno, che si chiamano principii, come entità, unità, uno, cosa, qualche cosa, e altri simili; altre son di certo geno distinte da altro geno, come sustanzialità, accidentalità. Quelle che sono de la prima maniera, non distingueno la materia e non fanno altra e altra potenza di quella; ma, come termini universalissimi che comprendono tanto le corporali, quanto le incorporali sustanze, significano quella universalissima, comunissima e una de l'une e l'altre. Appresso, "che cosa ne impedisce", disse Avicebron, "che, sí come, prima che riconosciamo la materia de le forme accidentali, che è il composto, riconoscemo la materia della forma sustanziale, che è parte di quello; cossí, prima che conosciamo la materia che è contratta ad esser sotto le forme corporali, vegnamo a conoscere una potenza, la quale sia distinguibile per la forma di natura corporea e de incorporea, dissolubile e non dissolubile?". Ancora, se tutto quel che è (cominciando da l'ente summo e supremo) ave un certo ordine e fa una dependenza, una scala nella quale si monta da le cose composte alle semplici, da queste alle semplicissime e assolutissime per mezzi proporzionali e copulativi e partecipativi de la natura de l'uno e l'altro estremo e, secondo la raggione propria, neutri, non è ordine, dove non è certa participazione, non è participazione dove non si trova certa colligazione, non è colligazione senza qualche partecipazione. È dunque necessario che de tutte cose che sono sussistenti, sia uno principio di subsistenza. Giongi a questo, che la raggione medesima non può fare che, avanti qualsivoglia cosa distinguibile, non presuppona una cosa indistinta (parlo di quelle cose, che sono, perché ente e non ente non intendo aver distinzione reale, ma vocale e nominale solamente). Questa cosa indistinta è una raggione comune, a cui si aggionge la differenza e forma distintiva. E certamente non si può negare che, sí come ogni sensibile presuppone il soggetto della sensibilità, cossí ogni intelligibile il soggetto della intelligibilità. Bisogna dunque che sia una cosa che risponde alla raggione comune de l'uno e l'altro soggetto; perché ogni essenzia necessariamente è fondata sopra qualche essere, eccetto che quella prima, che è il medesimo con il suo essere, perché la sua potenzia è il suo atto, perché è tutto quel che può essere, come fu detto ieri. Oltre, se la materia (secondo gli adversari medesimi) non è corpo e precede, secondo la sua natura, l'essere corporale, che dunque la può fare tanto aliena da le sustanze dette incorporee? E non mancano di peripatetici che dicono: sicome nelle corporee sustanze si trova un certo che di formale e divino, cossí nelle divine convien che sia un che di materiale, a fine che le cose inferiori s'accomodino alle superiori e l'ordine de l'une dipenda da l'ordine de l'altre. E li teologi, benché alcuni di quelli siano nodriti ne l'aristotelica dottrina, non mi denno però esser molesti in questo, se accettano esser piú debitori alla lor Scrittura che alla filosofia e natural raggione. "Non mi adorare", disse un de' loro angeli al patriarca Jacob, "perché son tuo fratello". Or se costui che parla com'essi intendeno, è una sostanza intellettuale e affirma col suo dire, che quell'uomo e lui convegnano nella realità d'un soggetto, stante qualsivoglia differenza formale, resta che li filosofi abbiano un oraculo di questi teologi per testimonio.

Dicsono Arelio. So che questo è detto da voi con riverenza; perché sapete che non vi conviene di mendicar raggioni da tai luoghi che son fuori de la nostra messe.

Teofilo. Voi dite bene e vero; ma io non allego quello per raggione e confirmazione, ma per fuggir scrupolo, quanto posso; perché non meno temo apparere, che essere contrario alla teologia.

Dicsono Arelio. Sempre da' discreti teologi ne saranno admesse le raggioni naturali, quantunque discorrano, pur che non determinino contra l'autorità divina, ma si sottomettano a quella.

Teofilo. Tali sono e saranno sempre le mie.

Dicsono Arelio. Bene, dunque seguite.

Teofilo. Plotino ancora dice nel libro *De la materia*, che, "se nel mondo intelligibile è moltitudine e pluralità di specie, è necessario che vi sia qualche cosa comune, oltre la proprietà e differenza di ciascuna di quelle: quello che è comune, tien luogo di materia, quello che è proprio e fa distinzione, tien luogo di forma". Gionge che, "se questo è a imitazion di quello, la composizion di questo è a imitazion della composizion di quello. Oltre, quel mondo, se non ha diversità, non ha ordine; se non ha ordine, non ha bellezza e ornamento; tutto questo è circa la materia". Per il che il mondo superiore non solamente deve esser stimato per tutto indivisibile, ma anco per alcune sue condizioni divisibile e distinto: la cui divisione e distinzione non può esser capita senza qualche soggetta materia. E benché dichi che tutta quella moltitudine conviene in uno ente impartibile e fuor di qualsivoglia dimensione, quello dirò essere la materia, nel quale si uniscono tante forme. Quello, prima che sia conceputo per vario e multiforme, era in concetto uniforme, e prima che in concetto formato, era in quello informe.

Dicsono Arelio. Benché in quel ch'avete detto con brevità, abbiate apportate molte e forte raggioni per venire a conchiudere che una sia la materia, una la potenza per la quale tutto quel che è, è in atto; e non con minor raggione conviene alle sustanze incorporee che alle corporali, essendo che non altrimente quelle han l'essere per lo possere essere, che queste per lo posser essere hanno l'essere, e che oltre, per altre potenti raggioni (a chi potentemente le considera e comprende) avete dimostrato; tuttavia (se non per la perfezione della dottrina, per la chiarezza di quella) vorei che in qualch'altro modo specificaste: come ne le cose eccellentissime, quali sono le incorporee, si trova cosa informe e indefinita? come può ivi essere raggione di medesima materia e che, per advenimento della forma e atto, medesimamente non si dicono corpi? come, dove non è mutazione, generazione né corrozione alcuna, volete che sia materia, la quale mai è stata posta per altro fine? come potremo dire la natura intelligibile esser semplice, e dir che in quella sia materia e atto? Questo non lo dimando per me, al quale la verità è manifesta, ma forse per altri, che possono essere piú morosi e difficili, come, per esempio, maestro Polihimnio e Gervasio.

Polihimnio. Cedo.

Gervasio. Accepto, e vi ringrazio, Dicsone, perché considerate la necessità di quei che non hanno ardire di dimandare, come comporta la civiltà de le mense oltramontane; ove, a quei che siedono gli secondi non lice stender le dita fuor del proprio quadretto o tondo, ma conviene aspettar che gli sia posto in mano, a fin che non prenda boccone, che non sia pagato col suo "gran mercé".

Teofilo. Dirò per risoluzion del tutto, che, sí come l'uomo, secondo la natura propria de l'uomo, è differente dal leone, secondo la natura propria del leone; ma, secondo la natura comone de l'animale, de la sustanza corporea e altre simili, sono indifferenti e la medesima cosa; similmente, secondo la propria raggione, è differente la materia di cose corporali dalla de cose incorporee. Tutto dunque lo che apportate de lo esser causa costitutiva di natura corporea, de l'esser soggetto de trasmutazioni de tutte sorti e de l'esser parte di composti, conviene a questa materia per la raggione propria. Perché la medesima materia (voglio dir piú chiaro) il medesimo che può esser fatto o pur può essere, o è fatto, è per mezzo de le dimensioni ed extensioni del suggetto, e quelle qualitadi che hanno l'essere nel quanto; e questo si chiama sustanza corporale e suppone materia corporale; o è fatto (se pur ha l'essere di novo) ed è senza quelle dimensioni, extensione e qualità; e questo si dice sustanza incorporea, e suppone similmente detta materia. Cossí ad una potenza attiva tanto di cose corporali quanto di cose incorporee, over ad un essere tanto corporeo quanto incorporeo, corrisponde una potenza passiva tanto corporea quanto incorporea, e un posser esser tanto corporeo quanto incorporeo. Se dunque vogliamo dir composizione tanto ne l'una quanto ne l'altra natura, la doviamo intendere in una ed un'altra maniera; e considerar che se dice nelle cose eterne una materia sempre sotto un atto, e che nelle cose variabili sempre contiene or uno or un altro; in quelle la materia ha, una volta, sempre ed insieme tutto quel che può avere, ed è tutto quel che può essere; ma questa in piú volte, in tempi diversi, e certe successioni.

Dicsono Arelio. Alcuni, quantunque concedano essere materia nelle cose incorporee, la intendono però secondo una raggione molto diversa.

Teofilo. Sia quantosivoglia diversità secondo la raggion propria, per la quale l'una descende a l'esser corporale e l'altra non, l'una riceve qualità sensibili e l'altra non, e non par che possa esser raggione comune a quella materia a cui ripugna la quantità ed esser suggetto delle qualitadi che hanno l'essere nelle demensioni, e la natura a cui non ripugna l'una né l'altra, anzi l'una e l'altra è una medesima, e che (come è piú volte detto) tutta la differenza depende dalla contrazione a l'essere corporea e non essere corporea. Come nell'essere animale ogni sensitivo è uno; ma, contraendo quel geno a certe specie, ripugna a l'uomo l'esser leone, e a questo animale l'esser quell'altro. E aggiungo a questo, se 'l ti piace, perché mi direste, che quello che giamai è, deve essere stimato piú tosto impossibile e contra natura che naturale; e però, giamai trovandosi quella materia dimensionata, deve stimarsi che la corporeità gli sia contra natura; e se questo è cossí non è verisimile che sia una natura comune a l'una e l'altra, prima che l'una se intenda esser contratta a l'esser corporea, aggiungo, dico, che non meno possiamo attribuir a quella materia la necessità de tutti gli atti dimensionali che, come voi vorreste, la impossibilità. Quella materia per esser attualmente tutto quello che può essere, ha tutte le misure, ha tutte le specie di figure e di dimensioni; e perché le ave tutte, non ne ha nessuna, perché quello che è tante cose diverse, bisogna che non sia alcuna di quelle particolari. Conviene a quello che è tutto, che escluda ogni essere particolare.

Dicsono Arelio. Vuoi dunque che la materia sia atto? Vuoi ancora che la materia nelle cose incorporee coincida con l'atto?

Teofilo. Come il posser essere coincide con l'essere.

Dicsono Arelio. Non differisce dunque da la forma?

Teofilo. Niente nell'absoluta potenza ed atto absoluto. Il quale però è nell'estremo della purità, simplicità, indivisibilità e unità, perché è assolutamente tutto: che se avesse certe dimensioni, certo essere, certa figura, certa proprietà, certa differenza, non sarebbe absoluto, non sarebbe tutto.

Dicsono Arelio. Ogni cosa dunque, che comprenda qualsivoglia geno, è individua?

Teofilo. Cossí è; perché la forma, che comprende tutte le qualità, non è alcuna di quelle; lo che ha tutte le figure, non ha alcuna di quelle; lo che ha tutto lo essere sensibile, però non si sente. Piú altamente individuo è quello che ha tutto l'essere naturale, piú altamente lo che ha tutto lo essere intellettuale, altissimamente quello che ha tutto lo essere che può essere.

Dicsono Arelio. In similitudine di questa scala de lo essere volete che sia la scala del posser essere? e volete che, come ascende la raggione formale, cosí ascenda la raggione materiale?

Teofilo. È vero.

Dicsono Arelio. Profonda e altamente prendete questa definizione di materia e potenza.

Teofilo. Vero.

Dicsono Arelio. Ma questa verità non potrà esser capita da tutti, perché è pur arduo a capire il modo con cui s'abbiano tutte le specie di dimensioni e nulla di quelle, aver tutto l'esser formale e non aver nessuno essere forma.

Teofilo. Intendete voi come può essere?

Dicsono Arelio. Credo che sí; perché capisco bene che l'atto per esser tutto, bisogna che non sia qualche cosa.

Polihimnio. Non potest esse idem totum et aliquid; ego quoque illud capio.

Teofilo. Dunque, potrete capir a proposito che, se volessimo ponere la dimensionabilità per raggione della materia, tal raggione non ripugnarebe a nessuna sorte di materia; ma che viene a differire una materia da l'altra, solo per essere absoluta da le dimensioni ed esser contratta alle dimensioni. Con essere absoluta, è sopra tutte e le comprende tutte; con esser contratta, viene compresa da alcune ed è sotto alcune.

Dicsono Arelio. Ben dite che la materia secondo sé non ha certe demensioni, e però se intende indivisibile, e riceve le dimensioni secondo la raggione de la forma che riceve. Altre dimensioni ha sotto la forma umana, altre sotto la cavallina, altre sotto l'olivo, altre sotto il mirto; dunque, prima che sia sotto qualsivoglia di queste forme, ave in facultà tutte quelle dimensioni, cossí come ha potenza di ricevere tutte quelle forme.

Polihimnio. Dicunt tamen propterea quod nullas habet dimensiones.

Dicsono Arelio. E noi diciamo che *ideo habet nullas, ut omnes habeat.*

Gervasio. Perché volete piú tosto che le includa tutte, che le escluda tutte?

Dicsono Arelio. Perché non viene a ricevere le dimensioni come di fuora, ma a mandarle e cacciarle come dal seno.

Teofilo. Dice molto bene. Oltre che è consueto modo di parlare di peripatetici ancora, che dicono tutto l'atto dimensionale e tutte forme uscire e venir fuori dalla potenza de la materia. Questo intende in parte Averroe, il qual, quantunque arabo e ignorante di lingua greca, nella dottrina peripatetica però intese piú che qualsivoglia greco che abbiamo letto; e arebbe piú inteso, se non fusse stato cossí additto al suo nume Aristotele. Dice lui che la materia ne l'essenzia sua comprende le dimensioni interminate; volendo accennare che quelle pervegnono a terminarsi ora con questa figura e dimensioni, ora con quella e quell'altra, quelle e quell'altri, secondo il cangiar di forme naturali. Per il qual senso si vede che la materia le manda come da sé e non le riceve come di fuora. Questo in parte intese ancor Plotino, prencipe nella setta di Platone. Costui, facendo differenza tra la materia di cose superiori e inferiori, dice che quella è insieme tutto, ed essendo che possiede tutto, non ha in che mutarsi; ma questa, con certa vicissitudine per le parti, si fa tutto, e a tempi e tempi si fa cosa e cosa: però sempre sotto diversità, alterazione e moto. Cossí dunque mai è informe quella materia, come né anco questa, benché differentemente quella e questa; quella ne l'istante de l'eternità, questa negl'istanti del tempo; quella insieme, questa successivamente; quella esplicatamente, questa complicatamente; quella come molti, questa come uno; quella per ciascuno e cosa per cosa, questa come tutto e ogni cosa.

Dicsono Arelio. Tanto che non solamente secondo gli vostri principii, ma, oltre, secondo gli principii de l'altrui modi di filosofare, volete inferire che la materia non è quel *prope nihil*, quella potenza pura, nuda, senza atto, senza virtú e perfezione.

Teofilo. Cossí è. La dico privata de le forme e senza quelle, non come il ghiaccio è senza calore, il profondo è privato di luce, ma come la pregnante è senza la sua prole, la quale la manda e la riscuote da sé; e come in questo emispero la terra, la notte, è senza luce, la quale con il suo scuotersi è potente di racquistare.

Dicsono Arelio. Ecco che anco in queste cose inferiori, se non a fatto, molto viene a coincidere l'atto con la potenza.

Teofilo. Lascio giudicar a voi.

Dicsono Arelio. E se questa potenza di sotto venesse ad esser una finalmente con quella di sopra, che sarrebe?

Teofilo. Giudicate voi. Possete quindi montar al concetto, non dico del summo ed ottimo principio, escluso della nostra considerazione; ma de l'anima del mondo, come è atto di tutto e potenza di tutto, ed è tutta in tutto; onde al fine (dato che sieno innumerabili individui) ogni cosa è uno; e il conoscere questa unità è il scopo e termine di tutte le filosofie e contemplazioni naturali: lasciando ne' sua termini la piú alta contemplazione, che ascende sopra la natura, la quale a chi non crede è impossibile e nulla.

Dicsono Arelio. È vero; perché se vi monta per lume sopranaturale, non naturale.

Teofilo. Questo non hanno quelli, che stimano ogni cosa esser corpo, o semplice, come lo etere, o composto, come li astri e cose astrali; e non cercano la divinità fuor de l'infinito mondo e le infinite cose, ma dentro questo e in quelle.

Dicsono Arelio. In questo solo mi par differente il fedele teologo dal vero filosofo.

Teofilo. Cossí credo ancor io. Credo che abbiate compreso quel che voglio dire.

Dicsono Arelio. Assai bene, io mi penso. Di sorte che dal vostro dire inferisco che, quantunque non lasciamo montar la materia sopra le cose naturali e fermiamo il piede su la sua comune definizione che apporta la piú volgare filosofia, troveremo pure che la ritegna meglior prorogativa che quella riconosca; la quale al fine non li dona altro che la raggione de l'esser soggetto di forme e di potenza receptiva di forme naturali senza nome, senza definizione, senza termino alcuno, perché senza ogni attualità. Il che parve difficile ad alcuni cucullati, i quali, non volendo accusare ma iscusar questa dottrina, dicono aver solo l'atto entitativo, cioè differente da quello che non è semplicemente, e che non ha essere alcuno nella natura, come qualche chimera o cosa che si finga; perché questa materia in fine ha l'essere, e le basta questo, cossí, senza modo e dignità; la quale depende da l'attualità che è nulla. Ma voi dimandareste raggione ad Aristotele: - Perché vuoi tu, o principe di Peripatetici, piú tosto che la materia sia nulla per aver nullo atto, che sia tutto, per aver tutti gli atti, o l'abbia confusi o confusissimi, come ti piace? Non sei tu quello che, sempre parlando del novo essere delle forme nella materia o della generazione de le cose, dici le forme procedere e sgombrare da l'interno de la materia, e mai fuste udito dire che per opera d'efficiente vengano da l'esterno, ma che quello le riscuota da dentro? Lascio che l'efficiente di queste cose, chiamato da te con un comun nome Natura, lo fai pur principio interno, e non esterno, come avviene ne le cose artificiali. Allora mi par che convegna dire che la non abbia in sé forma e atto alcuno, quando lo viene a ricevere di fuora; allora mi par che convegna dire che l'abbia tutte, quando si dice cacciarle tutte dal suo seno. Non sei tu quello che, se non costretto da la raggione, spinto però dalla consuetudine del dire, deffinendo la materia, la dici piú tosto esser "quella cosa di cui ogni specie naturale si produce", che abbi mai detto esser "quello, in cui le cose si fanno", come converrebbe dire quando li atti non uscissero da quella, e per conseguenza non le avesse?

-Polihimnio. Certe consuevit dicere Aristoteles cum suis potius formas educi de potentia materiae quam in illam induci, emergere potius ex ipsa quam in ipsam ingeri: ma io direi, che ha piaciuto ad Aristotele chiamar atto piú tosto la esplicazione de la forma che la implicazione.

Dicsono Arelio. E io dico che l'essere espresso, sensibile ed esplicato, non è principal raggione de l'attualità, ma è una cosa consequente ed effetto di quella; sí come il principal essere del legno e raggione di sua attualità non consiste ne l'essere letto, ma ne l'essere di tal sustanza e consistenza che può esser letto, scanno, trabe, idolo e ogni cosa di legno formata. Lascio che secondo piú alta raggione della materia naturale si fanno tutte cose naturali, che della artificiale le arteficiali, perché l'arte della materia suscita le forme o per suttrazione, come quando de la pietra fa la statua, o per apposizione, come quando, giongendo pietra a pietra e legno e terra, forma la casa; ma la natura de la sua materia fa tutto per modo di separazione, di parto, di efflussione, come intesero i pitagorici, compreso Anassagora e Democrito, confirmorno i sapienti di Babilonia. Ai quali sottoscrisse anco Mosè, che, descrivendo la generazione delle cose comandata da l'efficiente universale, usa questo modo di dire: "Produca la terra li suoi animali, producano le acqui le anime viventi", quasi dicesse: producale la materia. Perché, secondo lui, il principio materiale de le cose è l'acqua; onde dice, che l'intelletto efficiente (chiamato da lui spirito) "covava sopra l'acqui": cioè, li dava virtú procreatrice, e da quelle produceva le specie naturali, le quali tutte poi son dette da lui, in sustanza, acqui. Onde parlando della separazione de' corpi inferiori e superiori, dice che "la mente separò le acqui da l'acqui", da mezzo de le quali induce esser comparuta l'arida. Tutti dunque per modo di separazione vogliono le cose essere da la materia, e non per modo di apposizione e recepzione. Dunque si de' piú tosto dire che contiene le forme e che le includa, che pensare, che ne sia vota e le escluda. Quella, dunque, che esplica lo che tiene implicato, deve essere chiamata cosa divina e ottima parente, genetrice e madre di cose naturali, anzi la natura tutta in sustanza. Non dite e volete cossí, Teofilo?

Teofilo. Certo.

Dicsono Arelio. Anzi molto mi maraviglio, come non hanno i nostri Peripatetici continuata la similitudine de l'arte. La quale de molte materie che conosce e tratta, quella giudica esser megliore e piú degna, la quale è meno soggetta alla corrozione ed è piú costante alla durazione, e della quale possono esser prodotte piú cose: però giudica l'oro esser piú nobile che il legno, la pietra e il ferro, perché è meno soggetto a corrompersi; e ciò che può esser fatto di legno e di pietra, può farsi de oro, e molte altre cose di piú, maggiori e megliori per la sua bellezza, costanza, trattabilità e nobiltà. Or che doviamo dire di quella materia, della quale si fa l'uomo, l'oro e tutte cose naturali? Non deve esser ella stimata piú degna che la artificiale, e aver raggione di meglior attualità? - Perché, o Aristotile, quello che è fondamento e base de l'attualità, dico, di ciò che è in atto, e quello che tu dici esser sempre, durare in eterno, non vorai che sia piú in atto, che le tue forme, che le tue entelechie, che vanno e vegnono, di sorte che, quando volessi cercare la permanenza di questo principio formale ancora....

Polihimnio. Quia principia oportet semper manere.

Dicsono Arelio. - e non possendo ricorrere alle fantastiche idee di Platone, come tue tanto nemiche, sarai costretto e necessitato a dire che queste forme specifiche o hanno la sua permanente attualità nella mano de l'efficiente; e cossí non puoi dire, perché quello è detto da te suscitatore e riscuotitore de le forme della potenza de la materia: o hanno la sua permanente attualità nel seno de la materia; e cossí ti fia necessario dire, perché tutte le forme che appaiono come nella sua superficie, che tu dici individuali e in atto, tanto quelle che furono quanto le che sono e saranno, son cose principiate, non sono principio. (E certo cossí credo essere nella superficie della materia la forma particolare, come lo accidente è nella superficie della sustanza composta. Onde minor raggione di attualità deve avere la forma espressa al rispetto della materia, come.minor raggione di attualità ha la forma accidentale in rispetto del composto).

Teofilo. In vero poveramente si risolve Aristotele, che dice, insieme con tutti gli antichi filosofi, che li principii denno essere sempre permanenti; e poi quando cercamo nella sua dottrina dove abbia la sua perpetua permanenza la forma naturale, la quale va fluttuando nel dorso de la materia, non la trovaremo ne le stelle fisse, perché non descendeno da alto queste particulari che veggiamo; non ne gli sigilli ideali, separati da la materia, perché quelli per certo, se non son mostri, son peggio che mostri, voglio dire chimere e vane fantasie. Che dunque? Sono nel seno della materia. Che dunque? Ella è fonte de la attualità. Volete ch'io vi dica di vantaggio e vi faccia vedere in quanta assurdità sia incorso Aristotele? Dice lui la materia essere in potenza. Or dimandategli quando sarà in atto. Risponderà una gran moltitudine con esso lui: quando arà la forma. Or aggiungi e dimanda: che cosa è quella che ha l'essere di novo? Risponderanno a lor dispetto: il composto e non la materia; perché essa è sempre quella, non si rinova, non si muta. Come nelle cose artificiali, quando del legno è fatta la statua, non diciamo che al legno vegna nuovo essere, perché niente piú o meno è legno ora che era prima; ma quello che riceve lo esser e l'attualità, è lo che di nuovo si produce, il composto, dico la statua. Come adunque a quello dite appartenere la potenza; che mai sarà in atto o arà l'atto? Non è dunque la materia in potenza di essere o la che può essere, perché lei sempre è medesima e inmutabile, ed è quella circa la quale e nella quale è la mutazione, piú tosto che quella che si muta. Quello che si altera, si aumenta, si sminuisce, si muta di loco, si corrompe, sempre (secondo voi medesimi peripatetici) è il composto, mai la materia; perché dunque dite la materia or in potenza or in atto? Certo non è chi debba dubitare che, o per ricevere le forme o per mandarle da sé, quanto all'essenza e sustanza sua, essa non riceve maggior e minor attualità; e però non esser raggione, per la quale venga detta in potenza. La quale quadra a ciò che è in continuo moto circa quella, e non a lei che è in eterno stato ed è causa del stato piú tosto; perché, se la forma, secondo l'essere fondamentale e specifico, è di semplice e invariabile essenza, non solo logicamente nel concetto e la raggione, ma anco fisicamente nella natura, bisognarà che sia nella perpetua facultà de la materia, la quale è una potenza indistinta da l'atto, come in molti modi ho esplicato quando della potenza ho tante volte discorso.

Polihimnio. Quaeso, dite qualche cosa dello appetito della materia, a fin che prendiamo qualche risoluzione per certa alterazione tra me e Gervasio.

Gervasio. Di grazia, fatelo, Teofilo, perché costui mi ha rotto il capo con la similitudine de la femina e la materia, e che la donna non si contenta meno di maschi che la materia di forme, e va discorrendo.

Teofilo. Essendo che la materia non riceve cosa alcuna da la forma, perché volete che la appetisca? Se (come abbiamo.detto) ella manda dal suo seno le forme, e per consequenza le ha in sé, come volete che le appetisca? Non appetisce quelle forme, che giornalmente si cangiano nel suo dorso; perché ogni cosa ordinata appetisce quello dal che riceve perfezione. Che può dare una cosa corrottibile ad una cosa eterna? una cosa imperfetta, come è la forma de cose sensibili, la quale sempre è in moto, ad una cosa eterna? una cosa imperfetta, come è la forma de cose sensibili, la quale sempre è in moto, ad un'altra tanto perfetta che, se ben si contempla, è uno esser divino nelle cose, come forse volea dire David de Dinanto, male inteso da alcuni che riportano la sua opinione? Non la desidera per esser conservata da quella, perché la cosa corrottibile non conserva la cosa eterna; oltre che è manifesto, che la materia conserva la forma: onde tal forma piú tosto deve desiderar la materia per perpetuarsi, perché, separandosi da quella, perde l'essere lei, e non quella che ha tutto ciò che aveva prima che lei si trovasse, e che può aver de le altre. Lascio che, quando si dà la causa de la corrozione, non si dice che la forma fugge la materia o che lascia la materia, ma piú tosto che la materia rigetta quella forma per prender l'altra. Lascio a proposito che non abbiamo piú raggion di dire che la materia appete le forme, che per il contrario le ha in odio (parlo di quelle che si generano e corrompono, perché il fonte de le forme, che è in sé, non può appetere, atteso che non si appete lo che si possiede), perché per tal raggione, per cui se dice appetere lo che tal volta riceve o produce, medesimamente, quando lo rigetta e toglie via, se può dir che l'abomina; anzi piú potentemente abomina che appete, atteso che eternamente rigetta quella forma numerale che in breve tempo ritenne. Se dunque ricordarai questo, che quante ne prende tante ne rigetta, devi equalmente farmi lecito de dire che ella ha in fastidio, come io ti farò dire che ella ha in desio.

Gervasio. Or ecco a terra non solamente gli castelli di Polihimnio, ma ancora di altri che di Polihimnio.

Polihimnio. Parcius ista viris.....

Dicsono Arelio. Abbiamo assai compreso per oggi; a rivederci domani!

Teofilo. Dunque, adio.

Fine del Quarto Dialogo.

DIALOGO QUINTO

TEOFILO.

È dunque l'universo uno, infinito, inmobile. Una, dico, è la possibilità assoluta, uno l'atto, una la forma o anima, una la materia o corpo, una la cosa, uno lo ente, uno il massimo ed ottimo; il quale non deve posser essere compreso; e però infinibile e interminabile, e per tanto infinito e interminato, e per conseguenza inmobile. Questo non si muove localmente, perché non ha cosa fuor di sé ove si trasporte, atteso che sia il tutto. Non si genera; perché non è altro essere, che lui possa desiderare o aspettare, atteso che abbia tutto lo essere. Non si corrompe; perché non è altra cosa in cui si cange, atteso che lui sia ogni cosa. Non può sminuire o crescere, atteso che è infinito; a cui come non si può aggiongere, cossí è da cui non si può suttrarre, per ciò che lo infinito non ha parte proporzionabili. Non è alterabile in altra disposizione, perché non ha esterno, da cui patisca e per cui venga in qualche affezione. Oltre che, per comprender tutte contrarietadi nell'esser suo in unità e convenienza, e nessuna inclinazione posser avere ad altro e novo essere, o pur ad altro e altro modo di essere, non può esser soggetto di mutazione secondo qualità alcuna, né può aver contrario o diverso, che lo alteri, perché in lui è ogni cosa concorde. Non è materia, perché non è figurato né figurabile, non è terminato né terminabile. Non è forma, perché non informa né figura altro, atteso che è tutto, è massimo, è uno, è universo. Non è misurabile né misura. Non si comprende, perché non è maggior di sé. Non si è compreso, perché non è minor di sé. Non si agguaglia, perché non è altro e altro ma uno e medesimo. Essendo medesimo e uno, non ha essere ed essere; e perché non ha essere ed essere, non ha parte e parte; e per ciò che non ha parte e parte, non è composto. Questo è termine di sorte che non è termine, è talmente forma che non è forma, è talmente materia che non è materia, è talmente anima che non è anima: perché è il tutto indifferentemente, e però è uno, l'universo è uno.

In questo certamente non è maggiore l'altezza che la lunghezza e profondità; onde per certa similitudine si chiama, ma non è, sfera. Nella sfera, medesima cosa è lunghezza che larghezza e profondo, perché hanno medesimo termine; ma ne l'universo medesima cosa è larghezza, lunghezza e profondo, perché medesimamente non hanno termine e sono infinite. Se non hanno mezzo, quadrante e altre misure, se non vi è misura, non vi è parte proporzionale, né assolutamente parte che differisca dal tutto. Perché, se vuoi dir parte de l'infinito, bisogna dirla infinito; se è infinito, concorre in uno essere con il tutto: dunque l'universo è uno, infinito, impartibile. E se ne l'infinito non si trova differenza, come di tutto e parte, e come di altro e altro, certo l'infinito è uno. Sotto la comprensione de l'infinito non è parte maggiore e parte minore, perché alla proporzione de l'infinito non si accosta piú una parte quantosivoglia maggiore che un'altra quantosivoglia minore; e però ne l'infinita durazione non differisce la ora dal giorno, il giorno da l'anno, l'anno dal secolo, il secolo dal momento; perché non son piú gli momenti e le ore che gli secoli, e non hanno minor proporzione quelli che questi a la eternità. Similmente ne l'immenso non è differente il palmo dal stadio, il stadio da la parasanga; perché alla proporzione de la inmensitudine non piú si accosta per le parasanghe che per i palmi. Dunque infinite ore non son piú che infiniti secoli, e infiniti palmi non son di maggior numero che infinite parasanghe. Alla proporzione, similitudine, unione e identità de l'infinito non piú ti accosti con essere uomo che formica, una stella che un uomo; perché a quello essere non piú ti avicini con esser sole, luna, che un uomo o una formica; e però nell'infinito queste cose sono indifferenti. E quello che dico di queste, intendo di tutte l'altre cose di sussistenza particulare.

Or, se tutte queste cose particulari ne l'infinito non sono altro e altro, non sono differenti, non sono specie, per necessaria consequenza non sono numero; dunque, l'universo è ancor uno immobile. Questo, perché comprende tutto, e non patisce altro e altro essere, e non comporta seco né in sé mutazione alcuna; per consequenza, è tutto quello che può essere; ed in lui (come dissi l'altro giorno) non è differente l'atto da la potenza. Se dalla potenza non è differente l'atto, è necessario che in quello il punto, la linea, la superficie e il corpo non differiscano: perché cossí quella linea è superficie, come la linea, movendosi, può essere superficie; cossí quella superficie è mossa ed è fatta corpo, come la superficie può moversi e, con il suo flusso, può farsi corpo. È necessario dunque che il punto ne l'infinito non differisca dal corpo, perché il punto, scorrendo da l'esser punto, si fa linea; scorrendo da l'esser linea, si fa superficie; scorrendo da l'esser superficie, si fa corpo; il punto, dunque, perché è in potenza ad esser corpo, non differisce da l'esser corpo dove la potenza e l'atto è una medesima cosa.

Dunque, l'individuo non è differente dal dividuo, il simplicissimo da l'infinito, il centro da la circonferenza. Perché dunque l'infinito è tutto quello che può essere; è inmobile; perché in lui tutto è indifferente, è uno; e perché ha tutta la grandezza e perfezione che si possa oltre e oltre avere, è massimo ed ottimo immenso. Se il punto non differisce dal corpo, il centro da la circonferenza, il finito da l'infinito, il massimo dal minimo, sicuramente possiamo affirmare che l'universo è tutto centro, o che il centro de l'universo è per tutto, e che la circonferenza non è in parte alcuna per quanto è differente dal centro, o pur che la circonferenza è per tutto, ma il centro non si trova in quanto che è differente da quella. Ecco come non è impossibile, ma necessario che l'ottimo, massimo, incompreensibile è tutto, è per tutto, è in tutto, perché, come semplice e indivisibile, può esser tutto, essere per tutto, essere in tutto. E cossí non è stato vanamente detto che Giove empie tutte le cose, inabita tutte le parti de l'universo, è centro de ciò che ha l'essere, uno in tutto e per cui uno è tutto. Il quale, essendo tutte le cose e comprendendo tutto l'essere in sé, viene a far che ogni cosa sia in ogni cosa.

Ma mi direste: perché dunque le cose si cangiano, la materia particulare si forza ad altre forme? Vi rispondo, che non è mutazione che cerca altro essere, ma altro modo di essere. E questa è la differenza tra l'universo e le cose de l'universo; perché quello comprende tutto lo essere e tutti i modi di essere: di queste ciascuna ha tutto l'essere, ma non tutti i modi di essere; e non può attualmente aver tutte le circostanze e accidenti, perché molte forme sono incompossibili in medesimo soggetto, o per esserno contrarie o per appartener a specie diverse; come non può essere medesimo supposto individuale sotto accidenti di cavallo e uomo, sotto dimensioni di una pianta e uno animale. Oltre, quello comprende tutto lo essere totalmente, perché estra e oltre lo infinito essere non è cosa che sia, non avendo estra né oltra; di queste poi ciascuna comprende tutto lo essere, ma non totalmente, perché oltre ciascuna sono infinite altre. Però intendete tutto essere in tutto, ma non totalmente e omnimodamente in ciascuno. Però intendete come ogni cosa è una, ma non unimodamente.

Però non falla chi dice uno essere lo ente, la sustanza e l'essenzia; il quale, come infinito e interminato, tanto secondo la sustanza quanto secondo la durazione quanto secondo la grandezza quanto secondo il vigore, non ha raggione di principio né di principiato; perché, concorrendo ogni cosa in unità e identità, dico medesimo essere, viene ad avere raggione absoluta e non respettiva. Ne l'uno infinito, inmobile, che è la sustanza, che è lo ente, se vi trova la moltitudine, il numero, che, per essere modo e moltiformità de lo ente, la quale viene a denominar cosa per cosa, non fa per questo che lo ente sia piú che uno, ma moltimodo e moltiforme e moltifigurato. Però, profondamente considerando con gli filosofi naturali, lasciando i logici ne le lor fantasie, troviamo che tutto lo che fa differenza e numero, è puro accidente, è pura figura, è pura complessione. Ogni produzione, di qualsivoglia sorte che la sia, è una alterazione, rimanendo la sustanza sempre medesima; perché non è che una, uno ente divino, immortale. Questo lo ha possuto intendere Pitagora, che non teme la morte, ma aspetta la mutazione. L'hanno possuto intendere tutti filosofi, chiamati volgarmente fisici, che niente dicono generarsi secondo sustanza né corrompersi, se non vogliamo nominar in questo modo la alterazione. Questo lo ha inteso Salomone, che dice "non essere cosa nova sotto il sole, ma quel che è fu già prima". Avete dunque come tutte le cose sono ne l'universo, e l'universo è in tutte le cose; noi in quello, quello in noi; e cossí tutto concorre in una perfetta unità. Ecco come non doviamo travagliarci il spirto, ecco come cosa non è, per cui sgomentarne doviamo. Perché questa unità è sola e stabile, e sempre rimane; questo uno è eterno; ogni volto, ogni faccia, ogni altra cosa è vanità, è come nulla, anzi è nulla tutto lo che è fuor di questo uno. Quelli filosofi hanno ritrovata la sua amica Sofia, li quali hanno ritrovata questa unità. Medesima cosa a fatto è la sofia, la verità, la unità. Hanno saputo tutti dire che vero, uno ed ente son la medesima cosa, ma non tutti hanno inteso: perché altri hanno seguitato il modo di parlare, ma non hanno compreso il modo d'intendere di veri sapienti. Aristotele, tra gli altri, che non ritrovò l'uno, non ritrovò lo ente, e non ritrovò il vero, perché non conobbe come uno lo ente; e benché fusse stato libero di prendere la significazione de lo ente comune alla sustanza e l'accidente, e oltre de distinguere le sue categorie secondo tanti geni e specie per tante differenze, non ha lasciato però di essere non meno poco aveduto nella verità per non profondare alla cognizione di questa unità e indifferenza de la costante natura ed essere; e, come sofista ben secco, con maligne esplicazioni e con leggiere persuasioni pervertere le sentenze degli antichi e opporsi a la verità, non tanto forse per imbecillità di intelletto, quanto per forza d'invidia e ambizìone.

Dicsono Arelio. Sí che questo mondo, questo ente, vero, universo, infinito, inmenso, in ogni sua parte è tutto, tanto che lui è lo istesso *ubique*. Laonde ciò che è ne l'universo, al riguardo de l'universo (sia che si vuole a rispetto de li altri particolari corpi), è per tutto secondo il modo della sua capacità; perché è sopra, è sotto, infra, destro, sinistro, e secondo tutte differenze locali, perché in tutto lo infinito son tutte queste differenze e nulla di queste. Ogni cosa che prendemo ne l'universo, perché ha in sé quello che è tutto per tutto, comprende in suo modo tutta l'anima del mondo (benché non totalmente, come già abbiamo detto); la quale è tutta in qualsivoglia parte di quello. Però, come lo atto è uno, e fa uno essere, ovunque lo sia, cossí nel mondo non è da credere che sia pluralità di sustanza e di quello che veramente è ente.

Appresso so che avete come cosa manifesta che ciascuno di tutti questi mondi innumerabili, che noi veggiamo ne l'universo, non sono in quello tanto come in un luogo continente e come in uno intervallo e spacio, quanto come in uno comprensore, conservatore, motore, efficiente; il quale cossí tutto vien compreso da ciascuno di questi mondi, come l'anima tutta da ciascuna parte del medesimo. Però, benché un particolare mondo si muova verso e circa l'altro, come la terra al sole e circa il sole, nientedimeno al rispetto dell'universo nulla si muove verso né circa quello, ma in quello.

Oltre, volete che sí come l'anima (anco secondo il dir comune) è in tutta la gran mole, a cui dà l'essere, e insieme insieme è individua, e per tanto medesimamente è in tutto e in qualsivoglia parte intieramente; cossí la essenza de l'universo è una nell'infinito ed in qualsivoglia cosa presa come membro di quello, sí che a fatto il tutto e ogni parte di quello viene ad esser uno secondo la sustanza; onde non essere inconvenientemente detto da Parmenide uno, infinito immobile, sia che si vuole della sua intenzione, la quale è incerta, riferita da non assai fidel relatore.

Dite che quel tutto che si vede di differenza negli corpi,.quanto alle formazioni, complessioni, figure, colori e altre proprietadi e comunitadi, non è altro che un diverso volto di medesima sustanza; volto labile, mobile, corrottibile di uno inmobile, perseverante ed eterno essere; in cui son tutte forme, figure e membri, ma indistinti e come agglomerati, non altrimente che nel seme, nel quale non è distinto il braccio da la mano, il busto dal capo, il nervo da l'osso. La qual distinzione e sglomeramento non viene a produre altra e nuova sustanza, ma viene a ponere in atto e compimento certe qualitadi, differenze, accidenti e ordini circa quella sustanza. E quel che si dice del seme al riguardo de le membra degli animali, medesimo si dice del cibo al riguardo de l'esser chilo, sangue, flemma, carne, seme; medesimo di qualch'altra cosa, che precede l'esser cibo o altro; medesimo di tutte cose, montando da l'infimo grado della natura sino al supremo di quella montando da l'università fisica, conosciuta da' filosofi, alla altezza dell'archetipa, creduta da' teologi, se ti piace; sin che si dovenga ad una originale ed universale sustanza medesima del tutto, la quale si chiama lo ente, fondamento di tutte specie e forme diverse; come ne l'arte fabrile è una sustanza di legno soggetta a tutte misure e figure, che non son legno, ma di legno, nel legno, circa il legno. Però tutto quello che fa diversità di geni, di specie, differenze, proprietadi, tutto che consiste nella generazione, corrozione, alterazione e cangiamento, non è ente, non è essere, ma condizione e circostanza di ente ed essere; il quale è uno, infinito, immobile, soggetto, materia, vita, anima, vero e buono.

Volete che per essere lo ente indivisibile e semplicissimo, perché è infinito e atto tutto in tutto e tutto in ogni parte (in modo che diciamo parte nello infinito, non parte dello infinito), non possiamo pensar in modo alcuno che la terra sia parte dello ente, il sole parte della sustanza, essendo quella impartibile; ma sí bene è lecito dire sustanza della parte o pur, meglio, sustanza nella parte; cossí, come non è lecito dire parte dell'anima esser nel braccio, parte dell'anima esser nel capo, ma sí bene l'anima nella parte che è il capo, la sustanza della parte o nella parte che è il braccio. Perché lo essere porzione, parte, membro, tutto, tanto quanto, maggiore minore, come questo come quello, di questo di quello, concordante, differente e di altre raggioni che non significano uno assoluto, e però non si possono riferire alla sustanza, a l'uno, a l'ente, ma per la sustanza, nell'uno e circa lo ente, come modi, raggioni e forme; cossí, come comunmente si dice circa una sustanza essere la quantità, la qualità, relazione, azione, passione e altri circostanti geni, talmente ne l'uno ente summo, nel quale è indifferente l'atto dalla potenza, il quale può essere tutto assolutamente ed è tutto quello che può essere, è complicatamente uno, inmenso, infinito, che comprende tutto lo essere ed è esplicatamente in questi corpi sensibili e in la distinta potenza e atto che veggiamo in essi. Però volete che quello che è generato e genera (o sia equivoco o univoco agente, come dicono quei che volgarmente filosofano) e quello di che si fa la generazione, sempre sono di medesima sustanza. Per il che non vi sonarà mal ne l'orecchio la sentenza di Eraclito, che disse tutte le cose essere uno, il quale per la mutabilità ha in sé tutte le cose; e perché tutte le forme sono in esso, conseguentemente tutte le diffinizioni gli convegnono; e per tanto le contradittorie enunciazioni son vere. E quello che fa la moltitudine ne le cose, non è lo ente, non è la cosa, ma quel che appare, che si rapresenta al senso ed è nella superficie della cosa.

Teofilo. Cossí è. Oltre questo, voglio che apprendiate piú capi di questa importantissima scienza e di questo fondamento solidissimo de le veritadi e secreti di natura. Prima, dunque, voglio che notiate essere una e medesima scala per la quale la natura descende alla produzion de le cose, e l'intelletto ascende alla cognizion di quelle; e che l'uno e l'altra da l'unità procede all'unità, passando per la moltitudine di mezzi. Lascio che, con il suo modo di filosofare, gli Peripatetici e molti Platonici alla moltitudine de le cose, come al mezzo, fanno procedere il purissimo atto da un estremo e la purissima potenza da l'altro; come vogliono altri per certa metafora convenir le tenebre e la luce alla constituzione de innumerabili gradi di forme, effigie, figure e colori. Appresso i quali, che considerano dui principii e dui principi, soccorreno altri nemici e impazienti di poliarchia, e fanno concorrere quei doi in uno, che medesimamente è abisso e tenebra, chiarezza e luce, oscurità profonda e impenetrabile, luce superna e inaccessibile.

Secondo, considerate che l'intelletto, volendo liberarse e disciorse dall'immaginazione alla quale è congionto, oltre che ricorre alle matematiche ed imaginabili figure, a fin che o per quelle o per la similitudine di quelle comprenda l'essere e la sustanza de le cose, viene ancora a riferire la moltitudine e diversità di specie a una e medesima radice. Come Pitagora che puose gli numeri principii specifici de le cose, intese fundamento e sustanza di tutti la unità; Platone ed altri, che puosero le specie consistenti nelle figure, di tutti il medesimo ceppo e radice intesero il punto come sustanza e geno universale. E forse le superficie e figure son quelle che al fine intese Platone per il suo Magno, e il punto e atomo è quello che intese per il suo Parvo, gemini principii specifici de le cose; i quali poi si riducono ad uno, come ogni dividuo a l'individuo. Que' dunque che dicono, il principio sustanziale esser l'uno, vogliono che le sustanze son come i numeri; gli altri che intendeno il principio sustanziale come il punto, vogliono le sustanze de cose essere come figure; e tutti convegnono con ponere un principio individuo. Ma meglior e più puro è il modo di Pitagora che quel di Platone, perché la unità è causa e raggione della individuità e puntalità, ed è un principio più absoluto e accomodabile a l'universo ente.

Gervasio. Perché Platone, che venne appresso, non fece similmente né meglio che Pitagora?.

Teofilo. Perché volse più tosto, dicendo peggio e con men comodo e appropriato modo, esser stimato maestro che, dicendo megliormente e meglio, farsi riputar discepolo. Voglio dire, che il fine de la sua filosofia era più la propria gloria che la verità; atteso che non posso dubitar che lui sapesse molto bene che il suo modo era appropriato più alle cose corporali e corporalmente considerate, e quell'altro non meno accomodato e appropriabile a queste, che a tutte l'altre che la raggione, l'imaginazione, l'intelletto, l'una e l'altra natura sapesse fabricare. Ogniuno confessarà, che non era occolto a Platone che la unità e numeri necessariamente essaminano e donano raggione di punto e figure, e non sono essaminati e non prendeno raggione da figure e punti necessariamente, come la sustanza dimensionata e corporea depende dall'incorporea e individua; oltre che questa è absoluta da quella, perché la raggione di numeri si trova senza quella de misura, ma quella non può essere absoluta da questa, perché la raggione di misure non si trova senza quella di numeri. Però la aritmetrica similitudine e proporzione è più accomodata che la geometrica, per guidarne per mezzo de la moltitudine alla contemplazione e apprensione di quel principio indivisibile; che, per essere unica e radical sustanza di tutte cose, non è possibile, ch'abbia un certo e determinato nome, e tal dizione che significhe più tosto positiva che privativamente: e però è stato detto da altri punto, da altri unità, da altri infinito, e secondo varie raggioni simili a queste.

Aggiungi a quel che è detto che, quando l'intelletto vuol comprendere l'essenza d'una cosa, va simplificando quanto può: voglio dire, dalla composizione e moltitudine se ritira, rigittando gli accidenti corrottibili, le dimensioni, i segni, le figure a quello che sottogiace a queste cose. Cossí la lunga scrittura e prolissa orazione non intendemo, se non per contrazione ad una semplice intenzione. L'intelletto in questo dimostra apertamente come ne l'unità consista la sustanza de le cose, la quale va cercando o in verità o in similitudine. Credi, che sarebbe consummatissimo e perfettissimo geometra quello che potesse contraere ad una intenzione sola tutte le intenzioni disperse ne' principii di Euclide; perfettissimo logico chi tutte le intenzioni contraesse ad una.

Quindi è il grado delle intelligenze; perché le inferiori non possono intendere molte cose, se non con molte specie, similitudini e forme; le superiori intendeno megliormente con poche; le altissime con pochissime perfettamente. La prima intelligenza in una idea perfettissimamente comprende il tutto; la divina mente e la unità assoluta, senza specie alcuna, è ella medesimo lo che intende e lo ch'è inteso. Cossí dunque, montando noi alla perfetta cognizione, andiamo complicando la moltitudine; come, descendendosi alla produzione de le cose, si va esplicando la unità. Il descenso è da uno ente ad infiniti individui e specie innumerabili, lo ascenso è da questi a quello.

Per conchiudere dunque questa seconda considerazione, dico che, quando aspiriamo e ne forziamo al principio e sustanza de le cose, facciamo progresso verso la indivisibilità; e giamai credemo esser gionti al primo ente e universal sustanza sin che non siamo arrivati a quell'uno individuo in cui tutto si comprende; tra tanto non piú credemo comprendere di sustanza e di essenza, che sappiamo comprendere di indivisibilità. Quindi i Peripatetici e Platonici infiniti individui riducono ad una individua raggione di molte specie; innumerabili specie comprendono sotto determinati geni, quali Archita primo volse che fussero diece; determinati geni ad uno ente, una cosa; la qual cosa ed ente è compresa da costoro come un nome e dizione ed una logica intenzione, e in fine una vanità. Perché, trattando fisicamente poi, non conosceno uno principio di realità ed essere di tutto quel che è, come una intenzione e nome comune a tutto quel che si dice e si comprende. Il che certo è accaduto per imbecillità di intelletto.

Terzo, devi sapere che, essendo la sustanza ed essere distinto ed assoluto da la quantità, e per conseguenza la misura e numero non è sustanza ma circa la sustanza, non ente ma cosa di ente, aviene che necessariamente doviamo dire la sustanza essenzialmente essere senza numero e senza misura, e però una e individua in tutte le cose particolari; le quali hanno la sua particularità dal numero, cioè da cose che sono circa la sustanza. Onde chi apprende Polihimnio come Polihimnio, non apprende sustanza particolare, ma sustanza nel particolare e nelle differenze, che son circa quella; la quale per esse viene a ponere questo uomo in numero e moltitudine sotto una specie. Qua, come certi accidenti umani fanno moltiplicazione di questi chiamati individui dell'umanità, cossí certi accidenti animali fanno moltiplicazione di queste specie dell'animalità. Parimenti certi accidenti vitali fanno moltiplicazione di questo animato e vivente. Non altrimente certi accidenti corporei fanno moltiplicazione di corporeità. Similmente certi accidenti di sussistenza fanno moltiplicazione di sustanza. In tal maniera certi accidenti di essere fanno moltiplicazione di entità, verità, unità, ente, vero, uno.

Quarto, prendi i segni e le verificazioni per le quali conchiuder vogliamo gli contrarii concorrere in uno, onde non fia difficile al fine inferire che le cose tutte sono uno, come ogni numero, tanto pare quanto ímpare, tanto finito quanto infinito, se riduce all'unità; la quale iterata con il finito pone il numero, e con l'infinito nega il numero. I segni le prenderai dalla matematica, le verificazioni da le altre facultadi morali e speculative. Or, quanto a' segni, ditemi: che cosa è piú dissimile alla linea retta, che il circolo? che cosa è piú contrario al retto che il curvo? Pure nel principio e minimo concordano, atteso che (come divinamente notò il Cusano, inventor di piú bei secreti di geometria) qual differenza trovarai tu tra il minimo arco e la minima corda? Oltre, nel massimo, che differenza trovarai tra il circolo infinito e la linea retta? Non vedete come il circolo, quanto è piú grande, tanto piú con il suo arco si va approssimando alla rettitudine? Chi è sí cieco, che non veda qualmente l'arco *BB*, per esser piú grande che l'arco *AA*, e l'arco *CC* piú grande che l'arco *BB*, e l'arco *DD* piú che gli altri tre, riguardano ad esser parte di maggior circolo; e con questo piú e piú avicinarsi alla rettitudine della linea infinita del circolo infinito, significata per *IK*? Quivi certamente bisogna dire e credere che, sí come quella linea che è piú grande, secondo la raggione di maggior grandezza, è anco piú retta; similmente la massima di tutte deve essere in superlativo piú di tutte retta; tanto che al fine la linea retta infinita vegna ad esser circolo infinito.

Ecco dunque come non solamente il massimo e il minimo convegnono in uno essere, come altre volte abbiamo dimostrato, ma ancora nel massimo e nel minimo vegnono ad essere uno e indifferente gli contrari. Oltre, se ti piace comparare le specie finite al triangolo, perché dal primo finito e primo terminato tutte le cose

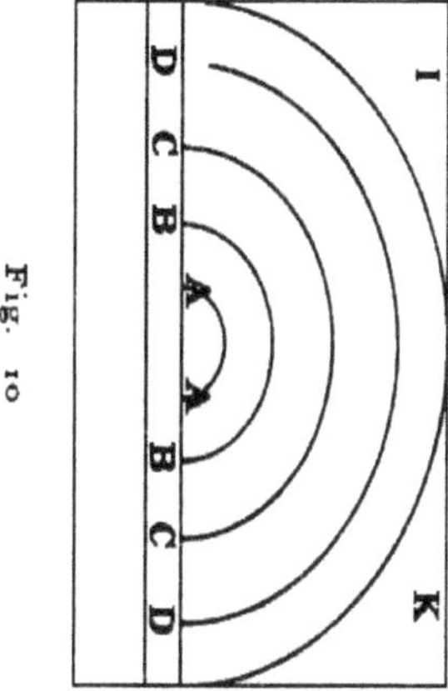

Figura 1.

finite se intendeno, per certa analogia, participare a finitudine e la terminazione (come in tutti geni li predicati analogi tutti prendeno il grado e ordine dal primo e massimo di quel geno), per tanto che il triangolo è la prima figura, la quale non si può risolvere in altra specie di figura piú semplice (come, per il contrario, il quatrangolo se risolve in triangoli), e però è primo fondamento d'ogni cosa terminata e figurata: trovarai che il triangolo, come non si risolve in altra figura, similmente non può procedere in triangoli di quai gli tre angoli sieno maggiori o minori, benché sieno varii e diversi, di varie e diverse figure, quanto alla magnitudine maggiore e minore, minima e massima. Però se poni un triangolo infinito (non dico realmente et assolutamente, perché l'infinito non ha figura: ma infinito dico per supposizione, e per quanto angolo| dà luogo a quello che vogliamo dimostrare) quello non arà angolo maggiore che il triangolo minimo finito, non solo che li mezzani e altro massimo.

Lasciando stare la comparazione de figure e figure, dico di triangoli e triangoli; e prendendo angoli e angoli, tutti, quantunque grandi e piccioli, sono equali, come in questo quadro appare,

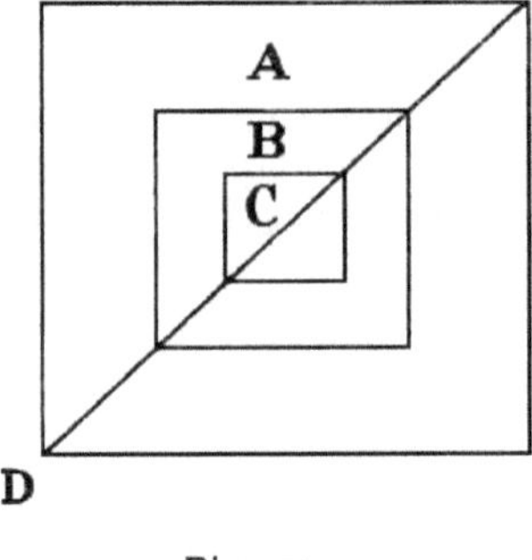

Fig. 11

Figura 2.

il quale per il diametro è diviso in tanti triangoli: dove si vede che non solamente sono uguali li angoli retti di tre quadrati *A*, *B*, *C*, ma anco tutti gli acuti che risultano per divisione di detto diametro, che constituisce tanti al doppio triangoli, tutti di equali angoli. Quindi per similitudine molto espressa si vede come la una infinita sustanza può essere in tutte le cose tutta, benché in altri finita in altri infinitamente, in questi con minore in quelli con maggiore misura.

Giongi a questo (per veder oltre che in questo uno e infinito li contrarii concordano) che lo angolo acuto e ottuso sono dui contrarii, i quali non vedi qualmente nascono da uno individuo e medesimo principio, cioè da una inclinazione che fa la linea perpendicolare *M*, che si congionge alla linea iacente *BD*, nel punto *C*? Questa, su quel punto, con una semplice inclinazione verso il punto *D*, dopo che faceva indifferentemente angulo retto e retto, viene a far tanto maggior differenza di angolo acuto e ottuso, quanto più s'avicina al punto *C*; al quale essendo gionta e unita, fa l'indifferenza d'acuto e ottuso, similmente annullandosi l'uno e l'altro, perché sono uno nella potenza di medesima linea. Quella come ha possuto unirsi e farsi indifferente con la linea *BD*, cossí può disunirsi e farsi differente da quella, suscitando da medesimo, uno e individuo principio i contrariissimi angoli, che sono il massimo acuto e massimo ottuso sin al minimo acuto e ottuso minimo, ed oltre all'indifferenza di retto e quella concordanza che consiste nel contatto della perpendicolare e iacente.

Quanto alle verificazioni poi, chi non sa primamente circa le qualitadi attive prime della natura corporea, che il principio del calore è indivisibile, e però separato da ogni calore, perché il principio non deve essere cosa alcuna de le principiate? Se è cossí, chi deve dubitare di affermare che il principio non è caldo

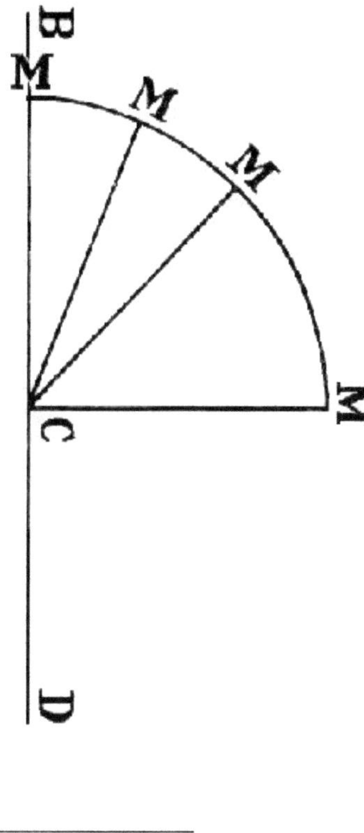

Figura 3.

né freddo, ma uno medesimo del caldo e del freddo? Onde aviene che un contrario è principio de l'altro, e che però le trasmutazioni son circolari, se non per essere un soggetto, un principio, un termine e una continuazione e un concorso de l'uno e l'altro? Il minimo caldo e il minimo freddo non son tutto uno? Dal termine del massimo calore non si prende il principio del moto verso il freddo? Quindi è aperto che non solo ocorreno talvolta i dui massimi nella resistenza e li dui minimi nella concordanza, ma *etiam* il massimo e il minimo per la vicissitudine di trasmutazione; onde non senza caggione nell'ottima disposizione sogliono temere i medici; nel supremo grado della felicità son piú timidi gli providi. Chi non vede uno essere il principio della corrozione e generazione? L'ultimo del corrotto non è principio del generato? Non diciamo insieme: tolto quello, posto questo? era quello, è questo? Certo (se ben misuramo) veggiamo che la corrozione non è altro che una generazione, e la generazione non è altro che una corrozione; l'amore è un odio, l'odio è un amore, al fine. L'odio del contrario è amore del conveniente; l'amor di questo è l'odio di quello. In sustanza dunque e radice, è una medesima cosa amore e odio, amicizia e lite. Da onde piú comodamente cerca l'antidoto il medico, che dal veleno? Chi porge meglior teriaca, che la vipera? Ne' massimi veneni ottime medicine. Una potenza non è di dui contrarii oggetti? Or onde credi che ciò sia, se non da quel, che cossí uno è il principio de l'essere come uno è il principio di concepere l'uno e l'altro oggetto; e che cossí li contrarii son circa un soggetto come sono appresi da uno e medesimo senso? Lascio che l'orbicolare posa nel piano, il concavo s'acqueta e risiede nel convesso, l'iracondo vive gionto al paziente, al superbissimo massimamente piace l'umile, a l'avaro il liberale.

In conclusione, chi vuol sapere massimi secreti di natura, riguardi e contemple circa gli minimi e massimi de gli contrarii e oppositi. Profonda magia è saper trar il contrario dopo aver trovato il punto de l'unione. A questo tendeva con il pensiero il povero Aristotele, ponendo la privazione (a cui è congionta certa disposizione) come progenitrice, parente e madre della forma; ma non vi poté aggiungere. Non ha possuto arrivarvi, perché, fermando il piè nel geno de l'opposizione, rimase inceppato di maniera che, non descendendo alla specie de la contrarietà, non giunse, né fissò gli occhi al scopo; dal quale errò a tutta passata, dicendo i contrarii non posser attualmente convenire in soggetto medesimo.

Polihimnio. Alta, rara e singularmente avete determinato del tutto, del massimo, de l'ente, del principio, de l'uno. Ma vi vorei veder distinguere de l'unità, perché trovo un *Vae soli!* Oltre che, sento grande angoscia per quel, che nel mio marsupio e crumena non vi alloggia piú che un vedovo solido.

Teofilo. Quella unità è tutto, la quale non è esplicata, non è sotto distribuzione e distinzione di numero, e tal singularità che tu intendereste forse; ma che è complicante e comprendente.

Polihimnio. Exemplum? perché, a dire il vero, *intend*o, ma non *capi*o.

Teofilo. Come il denario è una unità similmente, ma complicante, il centenario non meno è unità, ma piú complicante; il millenario non è unità meno che l'altre, ma molto piú complicante. Questo che ne l'aritmetrica vi propono, devi piú alta e semplicemente intenderlo ne le cose tutte. Il sommo bene, il sommo appetibile, la somma perfezione, la somma beatitudine consiste nell'unità che complica il tutto. Noi ne delettamo nel colore; ma non in uno esplicato qualunque sia, ma massime in uno che complica tutti colori. Ne delettamo nella voce, non in una singulare, ma in una complicante che resulta da l'armonia di molte. Ne delettamo in uno sensibile, ma massime in quello che comprende in sé tutti sensibili; in uno cognoscibile che comprende ogni cognoscibile; in uno apprensibile che abbraccia tutto che si può comprendere; in uno ente che complette tutto, massime in quello uno che è il tutto istesso. Come tu, Polihimnio, ti delettareste piú ne l'unità di una gemma tanto preziosa, che contravalesse a tutto l'oro del mondo, che nella moltitudine di migliaia delle migliaia di tai soldi di quali ne hai uno in borsa.

Polihimnio. Optime.

Gervasio. Eccomi dotto; perché come chi non intende uno, non intende nulla, cossí chi intende veramente uno, intende tutto; e chi piú s'avicina all'intelligenza dell'uno, s'approssima piú all'apprension di tutto.

Dicsono Arelio. Cossí io, se ho ben compreso, mi parto molto arrichito dalla contemplazione del Teofilo, fidel relatore della nolana filosofia.

Teofilo. Lodati sieno gli dei, e magnificata da tutti viventi la infinita, semplicissima, unissima, altissima e absolutissima causa, principio e uno.

Fine de' Cinque Dialogi

De la causa, principio et uno.